文春文庫

石の記憶

高橋克彦

文藝春秋

石の記憶　目次

石の記憶

母の死んだ家

1

思えば、すべては偶然などではなかったのかも知れない。

2

深い山道を彷徨《さまよ》い歩いてかれこれ一時間近くにもなろうとしている。幸いに九月の半ばなので寒さは気にならない。それでも夜明けにはまだ間がある。一応は整備された道であるし、さほどの山ではない。その点は安心できるのだが、そのせいで歩くつもりになったのだから、良かったとも言えない。先を歩く山崎は私より十五も若いので足元は確かだ。しかし、私はそろそろ限界がきていた。まったく……こんな文明の世の中で道に迷うことがあるなんて、自分ながら信じられない。

「夜明けを待つのがいいんじゃないか」

私は立ち止まると傍らの低い石に腰掛けた。

「携帯があれば助かりましたね」

山崎は私の側《そば》に戻って吐息した。一年ほど前に骨折で二月《ふたつき》ばかり入院したとき、不便さを覚えて買ったのだが、結局はそのときだけで終わった。ところ構わずの呼び出し音が気になったのである。私の仕事は物書きなので一日のほとんどは自宅の書斎だ。外出は気晴らしか取材か、今度のような講演でしかない。そんなときまで邪魔をされたくない。必要なときはこちらから連絡すればいいことだ。電話くらいはどこにでもある。まさかこんな状況に陥るなどだれも想像しない。山崎も編集者という職業にかかわらず携帯嫌いで持っていない。

「あっても、ここじゃ通じないのと違うか」

私の言葉に山崎も頷いた。

「しかし……参ったな。ここはどこなんだ」

それに山崎は苦笑で返した。福島県の白河近くとしか言えない。そのインターで下ろされてしまったのだ。大型トラックの三重衝突があったそうで高速道路の復旧には四、五時間かかるということだった。待つよりは下の道路を迂回《うかい》して次のインターに向かうのが早い。当然の判断だったが、あいにくとそちらも真夜中なのに酷い渋滞となっていた。山崎は道から外れる何台かの車のあとを追った。福島ナンバーだったので脇道を知ってのことと見当をつけたのだ。それが間違いだった。前を進む車はやがてそれぞれ別の方角に消えた。脇道を辿《たど》っていたのではなかったのだ。それでも広い道が東京方面に向かって伸びている。山崎は自分の勘を頼りに車を走らせた。私もさほど心配はしていなかった。どうせ高速道路の復旧を待っていれば五時間は無駄にする。福島市で講演を行なった。その後のパーティで酒を少し飲《や》り過ぎた。その疲れもあって私は少し眠った。最悪でも午前中に東京へ戻ればいい。

だが——

山崎の舌打ちで目覚めた。

車の窓の外は真っ暗だった。いつしか細い道に入っている。ライトに照らされた道の両側は広大な薄《すすき》の原っぱとなっていた。

戻った方がいいんじゃないか、と私は言った。五分走っても道に標識が見られない。山崎は、もう少し、もう少しと言ってスピードを上げる。おなじような脇道がいくつもある。これでは簡単に戻れそうにない。いつまでも変わらぬ道に山崎は諦めた様子で車を停めた。ドライブマップを子細に検討する。山崎から溜め息ばかりが洩れた。完全に迷ってしまったらしい。私も途方に暮れた。互いに疎《うと》い福島では見当がつかなくて当たり前だ。なぜ車にしたのかと後悔しても遅い。明日の夕方にはきつい締切りが入っている。それで福島泊まりの予定を今朝になってキャンセルした。たとえ真夜中でも東京に戻ってさえいれば安心できる。懇親会は十時過ぎまでの予定だったから、新幹線はむずかしい。すべては私の都合でしたことだ。いかに自社主催の講演とはいえ、好意からレンタカーの運転を買って出てくれた山崎を叱るわけにはいかない。

自信のなさそうな山崎に私は道を引き返すよう促した。インターから一時間以上は走っている。この暗さでは途中の道をしっかり覚えているはずもない。それは私も承知だったが、見知らぬ道をこれ以上進むのは怖かった。暗い車内で気付かなかったけれど、山崎はもっと動転していたのだろう。脇道の多い薄の原を間違わずに戻らなければならない。

そして、明らかに別の道に出た。

遠くに町の小さな明かりを見下ろさなければ私はやはり戻るよう命じたはずだ。それが新たな迷走のはじまりとなった。私たちの車は山の中腹にある。町の明かりが見えていても、真っ直ぐには下りて行けない。山道はくねくねと曲がり、町の明かりを見失う。道幅もぐんと狭まった。一台がやっとという感じだ。右手は急な崖となっている。何度も冷や汗が噴き出た。下りているはずなのにしばしば上りとなる。こんな経験は滅多《めった》にない。

山崎はゆっくりと車を停《と》めた。

前方に落石があって道を塞《ふさ》いでいた。私も車を下りて確かめた。二人で除《の》けられるようなものではなかった。バックであの道を戻らなければならないかと思えばぞっとする。必ず崖から転げ落ちるに決まっている。私たちは車のシートに腰掛けてしばらく無言でいた。こうなれば歩くしかないことを互いが分かっている。それでもなかなか決心がつかない。下手《へた》に町の明かりを見ていなければ朝まで車に残っていたのだろうが、私にはあの町の明かりがなによりの救いに思えた。この山の麓《ふもと》に位置しているのは確かである。

整備された道であるからには麓に通じているに違いない。せいぜい一時間やそこらと見て私は決心した。自宅にだって連絡を取らなければいけない。

そうして二人で歩きはじめて今となった。

二人なのでなんとか耐えられる。

一人でこんな山の中を歩いていれば気が変になっていただろう。

それに、山崎にはあえて口にしなかったけれど、道路地図を眺めていて、もしかして那須《なす》高原に踏み込んでいるのではないかという疑いが私を不安にさせていた。つい四、五日前、今度ばかりは那須に行かなければならないのかと半ば覚悟を決め、結局中止した経緯が私にはある。因縁《いんねん》だ、などとこんな場所で言い出せば山崎が怯《おび》えるだけだ。私だってそんなことは考えたくもない。母の骨は杉並の菩提寺の墓に納まっている。いまさら那須高原とは無縁のはずである。

3

やがて私たちは山道から抜け出た。細い月明かりに照らされた白樺《しらかば》林が続いている。低い灌木《かんぼく》を縫うように木道《もくどう》が伸びているのを私は見付けた。

「観光地か別荘地のようですね」

山崎は安堵《あんど》の顔で木道を目指した。これを辿って行けばきっとどこかに出られる。遊歩道であることは間違いなかった。

「来たことはないけど、那須高原でしょう」

山崎は確信した口調で言った。

「そう……みたいだな」

「先生は何度か？」

山崎の調子には余裕が混じっている。

「祖父が那須高原に別荘を持っていてね。別荘と言っても昔のことだから知れたもんだが」

「そりゃ凄《すご》い」

「子供の頃に二、三度来た。けど記憶はほとんどないな。円《まる》い湖の近くで焚《た》き火をしたぐらいしか憶《おぼ》えていない。あの頃は東京からやたらと遠かった。行き帰りの電車から眺めた景色の方がむしろ懐かしい」

私はわざと気乗りのしない返事をしながら木道を進んだ。こんな木道もあったような気がするのだが、珍しくもないものだ。ここでなにも母の話を持ち出す必要はない。

「別荘は手放されたんですか？」

淋しさからなのか山崎はやたらと話しかけてくる。二人の足音しか聞こえない。

「いや……そのままにしてある。昭和のはじめに開発された別荘地だ。あとで作られた道路から外れていたんで見捨てられた形になったのさ。売ったところで知れている。今はどうなっているやら。祖父はそれでもときどきは行っていたようだが、それも二十年くらい前までのことだな」

「勿体《もったい》ない話じゃないですか」

「電話もないし、車もむずかしい。第一、老朽化が激しい。祖父が亡くなってからは親戚のだれもが行かなくなった。別荘くらい手入れの必要なものはないからな」

「今度使わせてくださいよ。皆で綺麗《きれい》に掃除《そうじ》して差し上げます」

「売ることに決まったんだ」

仕方なく私は答えた。

「地元の業者から打診があってね。再開発の予定地に組み入れられているらしい。向こうは建て直しを勧めたが断わった。無駄になるだけだ。それで売ることにしたのさ」

「ますます勿体ない」

「年に一、二度しか行かない別荘に三千万もかける気はないよ」

「ひょっとしてこの辺りがその別荘地なんじゃ？」

「怖いことを言うなよ」

「別にそういう意味では……ここも相当な山の中ですからね。那須高原にはこういう別荘地がいくつもあるんですか？」

「あるだろう。俺はよく知らんけど」

本当に知らない。那須高原のことは常に頭の中から追いやってきたのだ。母が自殺した場所である。思い出したくもない。

それきり押し黙った私に山崎も口を噤《つぐ》んだ。無言で木道を辿る。山崎はときどき腐った木道から足を外した。これほど手入れがなされていないということは滅多に人の訪れない場所と思える。

「出ましたよ」

山崎の足が止まった。前方にいくつかの屋根がはっきりと見えた。月明かりを受けて青白く輝いている。車を捨ててからはじめて目にする建物だ。さすがにほっとしたものの灯《あか》りは一つも見えない。真夜中の二時過ぎなのでそれも不思議はない。私たちは急ぎ足となった。が、近付くにつれ不安が増していく。玄関前の灯り程度はあってもいいはずだ。その不安は的中した。五、六軒の小さな別荘が立ち並ぶ中心に出たのだが、どの別荘にも人の気配はなかった。さわさわと白樺林から冷たい風が吹いてくる。

「いくらなんでも管理事務所くらいはあるでしょう」

気を取り直して山崎は言った。私もそう思う。だれも居なければ物騒この上ない。トラックで押し掛けて中を荒らしても見咎《みとが》められない理屈だ。山崎は別荘地を横切る道に立つと目を凝《こ》らした。どちらの方角に事務所があるのか見当をつけている。だが、この位置からでは分からない。道はどちらも大きく曲がって先が消えている。あいにくとここは丘陵らしく道の双方が下り坂となっている。

「見て来ますよ。先生はここで休んでいてください」

山崎は別荘の一つの階段を示した。幅広の板で拵《こしら》えていて座るには適当だ。

「二人の方がいいんじゃないのか？　こんな山の中だ。なにが起きるか分からんぞ」

「道さえ外れなきゃ大丈夫でしょう」

青い月明かりを頼りに山崎は向かった。私は階段に腰を下ろしてたばこをくわえた。これも貴重な経験となるだろう。道に迷うなど、山歩きでも頻繁にする人間しか体験できない。

だれも居ない山中なのに怖さをさほど感じないのは建物が並んでいるからだ。どこに通じているか知れないが、道もちゃんとついている。万が一でも朝になればどうにかなるという気持が私にはあった。

ジッポーの大きな炎をしばらく眺めた。

その炎をかざして背後の建物を調べた。屋根の庇《ひさし》に大きな蜘蛛《くも》の巣が張っていた。なんだか嫌な思いに襲われた。雨樋《あまどい》が外れて地面に落ちている。玄関近くの窓ガラスは割れてしまっている。壁のペンキもすっかり剝《は》がれていた。何年も放置された感じだった。

私はドアに手をかけた。ロックを確かめるまでもなくドアは簡単に開いた。自然に私は中に入り込んだ。黴《かび》の臭いが鼻を衝《つ》く。それに酷い埃《ほこり》だ。割れた窓から土や枯葉が舞い込んで堆積《たいせき》している。広いフロアの真ん中に丸太で組み上げた長椅子《ながいす》と大きなテーブルがある。作り付けなのでこのままにするしかなかったらしい。家人が最後に飲んだものか、私のような侵入者が休んだのか、テーブルの上に何本かの缶が転がっている。そこには窓からの月明かりが一杯に差し込んでいた。私は土埃を払ってから長椅子に腰掛けた。空き缶を灰皿代わりにする。一階はこの吹き抜けのフロアとキッチンだけで二階にいくつかの部屋の扉が見える。いかにも別荘という作りだ。

たばこを空き缶に捨てて私は立ち上がった。階段とは反対側、二階の手摺《てすり》から梯《はし》子《ご》がフロアに伸びている。真っ直ぐだから立て掛けているのではない。なんのためにこんな奇妙なものを取り付けているのだろう。私は梯子の強度を確かめてから二、三段上がってみた。それだけでもう二階の床が見える。なんの変哲もない梯子だ。その姿勢でフロアを振り返る。テーブルと長椅子が見下ろせた。

〈あ……〉

この光景には見覚えがあった。確かだ。あの長椅子に母が腰掛けて私に手を振っている。そんな記憶がまざまざと甦《よみがえ》った。では、ここが祖父の別荘なのだろうか？　いや、そんなはずはない。祖父の別荘はもっと大きかった。第一、ここにはあの懐かしい暖炉がない。それならなぜここにそんな記憶が？　梯子に掴《つか》まったまま私はしばらく考え込んだ。

私の腕をしっかりと握って引き上げる円い目をした予供の顔が脳裏に浮かんだ。そうか、と私は頷《うなず》いた。ここはあの子が居た別荘《ところ》だ。別荘に来ていたわずかの間のことなので名前は忘れてしまったが、毎日のように一緒に遊んだ。親父《おやじ》の知り合いの家族ではなかったかと思う。あの子の部屋はこの梯子を上った真正面にあった。あの子にせがまれて父親がわざわざ取り付けたものである。ここへ遊びに来ると私もよく上り下りした。部屋の中に梯子のある家が羨《うらや》ましくて仕方なかった。

すると……やっぱりここは祖父の別荘のある場所なのである。

梯子が嫌な音を立てた。腐りかけていたところに大人の私では支え切れなくなったのか、右足をかけていた段が折れた。私はフロアに激しく投げ出された。膝《ひざ》を打っただけで大したことはない。

「先生!」

山崎が声を張り上げながら現われた。

「心配しましたよ。大丈夫ですか?」

「ああ。なんともない」

「どうして中に?」

「知ってる別荘だ。そいつを思い出した」

「本当ですか?」

「それより管理事務所はどうだった?」

「見当たりません。反対側でしょう」

「どうかな。ここが祖父の別荘のあるとこならだいぶ前に荒れ果てている。管理人なんか置いていないんじゃないのか」

言われて山崎も室内を見渡した。

「廃屋《はいおく》だ。他の建物もきっとそうさ」

山崎は私に何度も頷いた。

「ここで朝を待つしかない。これ以上歩く気はなくなった」

「それはいいですけど……ここが知っている建物と言うんなら、先生の別荘もこの近くにあるってことですよね」

「ああ……そうだ」

「だったらそっちへ行った方が。廃屋でも他人のとこだとどうも」

「だれも来やしないよ。来てくれたら反対に助かる」

「ここから遠いんですか？」

「いや、そういうわけじゃない」

もう見当がついている。この建物の裏から坂を少し上がればいい。

渋る私に山崎は怪訝《けげん》な顔をした。それはそうだろう。自分名義の建物ならなんの遠慮も要《い》らない。母の死んだ家だということを知らなければだれでも不審に思う。

「嫌な思い出のあるとこだ」

「…………」

「と言っても四十年も昔のことだ。壊す前に嫌でも一度は見ておかなけりゃと思ってた。こいつが導きってやつかも知れないな」

私は一人頷いて外に出た。

「ぼくはここでも構いませんよ」

山崎が追いかけて私に言った。

「それなら別に無理をしなくても」

「また来る手間が省《はぶ》ける」

私は裏手に通じる坂を見付けて進んだ。その狭い坂道にも微《かす》かな記憶がある。坂の途中で私は振り返った。建物の屋根が並ぶ先に円い池が月明かりを照らして銀色に輝いていた。湖などと呼べる大きさではない。私がそれほど小さかったということだ。あそこでやったキャンプファイヤーの楽しさがありありと甦り、涙が出そうになった。父が事業に失敗して失踪し、母がその絶望から自殺したのは私が八歳のときである。キャンプファイヤーをしたのはその前の年の夏のことだろう。あの当時では珍しく輸入車の代理店を営んでいた父はアメリカかぶれで、得意そうにマシュマロを焼いてくれた。カウボーイハットまで被《かぶ》っていたような気がする。姉は大張り切りでソーセージとともろこし売りに扮し、祖父や父たちから小遣いをせしめていた。母も嬉《うれ》しそうだった。仕入れや商談で留守がちな父と一週間も一緒なのだから笑ってばかりいた。

どうしてこんな記憶を忘れてしまっていたのだろう。この別荘地の思い出はそのまま母の死に繋《つな》がる。だから無理に頭から追いやっていたのかも知れない。写真で反芻《はんすう》するしかなかった母の顔がはっきりと浮かんでくる。ダンディで遊び人だった父が選んだだけあって美しい母だった。そして子供心にも忍耐強い人だったと思う。私と姉は母がいつも側に居るので淋しくはなかったが、母にすれば一年のうち半分も父が居ない。なのに辛《つら》い顔を私たちに一度も見せなかった。

だからなぜ自殺したのか私には分からない。留守がちと失踪は違う。母の我慢の糸がそこで切れたのだろうか。

結局父は二度と戻って来なかった。

どこかで生きているとしたら七十五歳。私は本名で小説を書いている。こちらから許す気はないけれど、父の方から頭を下げてきたときは受け入れるつもりだった。そして四十年。いまだになんの音沙汰《おとさた》もない。母が待っていたとしてもおなじだったに違いない。

4

「凄い別荘じゃありませんか」

白い靄《もや》に包まれた建物を見上げて山崎は思わず声にした。昭和初期の洋風建築のフォルムがいかにも重厚さを感じさせる。下に建ち並ぶ山小屋風の別荘とは比較にならない。母がここで死ななければ親戚もこぞってここを利用していただろう。確か周辺の森も今は私の名義となっている。

「改築すべきですよ。本当にこれが先生の持ち物なんですか？」

「立派に見えるのは外観だけだ。中はきっとぼろぼろさ。十年はだれも来ていない」

「よほどの金持ちだったんですね」

「墨田で大きな鈑金《ばんきん》工場をやっていた。軍隊にコネがあったみたいだ。戦後はさっぱり駄目になったらしいが、この別荘は残った」

私は道に広がる靄を掻《か》き分けて門を潜《くぐ》った。錆《さ》びた鉄の扉は開け放たれている。

母が死んだのは二階の端の部屋だ。その窓が小さく見える。玄関に近付くと私の心臓は破れそうなほど鼓動が大きくなった。姉は祖父と一緒にここへ母を迎えに来たのだが、私は今日がはじめてである。祖母とともに墨田の家で待っていた。あのときの、母の帰りを待っている間の二日の怖さが今も忘れられない。母の遺骸は死んでから五日が過ぎて発見された。腐っているだろうな、と親戚のだれかが口にした。

それで恐ろしくなってしまったのだ。母はどんな姿で戻って来るのだろう。腐り果てた母が枕元に現われそうで眠れなかった。その恐怖感がこの別荘から私を遠ざける原因となった。母がここで五日間も、たった一人で腐っていったかと思うと耐えられない。祖父は幼い私に遺骸を見せようとはしなかった。棺桶の小さな窓から覗《のぞ》いていた母の顔には包帯が巻かれていた。姉も母の様子について詳しく話してくれたことはない。それがさらに私の想像を逞《たくま》しくさせる。母は父と過ごした寝室のベッドで手首と喉《のど》を剃刀《かみそり》で切って死んでいたという。白いシーツがほとんど血で染まっていたそうだ。別荘の屋根裏には野鼠《のねずみ》が住み着いていた。あとは考えたくもない。

玄関に佇《たたず》んだままの私に代わって山崎がドアに手をかけた。侵入者でもあったようで鍵は壊されていた。開けたドアから靄がゆっくりと中に広がっていく。下の建物と同様に玄関ロビーは埃で覆《おお》われていた。無縁の山崎が一緒だ。私は自分に言い聞かせて踏み込んだ。

無残な荒らされようだった。

暖炉のある部屋に立って怒りを覚えた。使わなくなったと言っても閉鎖したわけではない。絵や飾り物は東京に持ち帰ったが、家具などはそのままにしてある。祖父が自慢していた暖炉では椅子が燃やされた形跡があった。長椅子が二つに一人用の肘掛け椅子が四つあったはずなのに、肘掛け椅子は一つしか見当たらない。長椅子の上には新聞紙が盛り上がっていた。きっとその下には大便がされているに違いない。漆喰《しっくい》の壁にはスプレーのいたずら書きが目立つ。この薄暗さで分かるのだから、朝の光で眺めればどんなだろう。真上のシャンデリアは全部が割られていた。

　他人の屋敷に踏み込んでこういうことをしでかす神経が分からない。スプレーから見ても若者の仕業《しわざ》だろう。ビールの空き缶やアルミの皿がいくつも床に捨てられているところを見れば何日も逗留《とうりゅう》して好き放題をしていったものと思える。二階にいくつかある寝室にはベッドもそのままだ。そこで若い連中がなにをしたかと思えば腸《はらわた》が煮えくり返る。今すぐにでも業者を呼んで綺麗さっぱり取り壊してしまいたい気分だ。ここは私にとって母の墓所に等しい聖域なのである。

　山崎が不意に私の袖《そで》を引いた。壁の文字を私に顎《あご》で示す。

　幽霊屋敷、とそこには書いてあった。

5

　なんでいつまでも夜が明けないのだろう。

腕時計の針は六時を回っているのに窓から見える空は真っ暗だ。濃い雨雲が上空を覆っているのだろうか。長椅子でうつらうつらしていた私は山崎の姿が見えないことに気付いた。山崎は肘掛け椅子で眠っていたはずだ。私は山崎の名を呼んだ。返事がない。トイレにでも行ったのかも知れない。私は長椅子から半身を起こしてたばこを喫《す》った。一本を喫い終わっても山崎は戻らない。行くなと注意したのに山崎は二階の寝室に向かったのではないか？　丁寧なのは口先ばかりで、私の言うことなど本心では聞いていない。トイレを確かめてから階段の途中まで上がって、もう一度山崎を呼んだ。なんの返答もなかった。

〈あんなに薄気味悪がっていたくせして〉

例の幽霊屋敷といういたずら書きである。一人で二階の寝室に行くとは思えなかったが、眠気は怖さにも勝つ。まして山崎は私の母がここで死んだことを知らない。これもまた母の導きかも知れない、と私は思った。母は自分が死んだ部屋を私に見て貰《もら》いたがっているのだ。私が頑《かたく》なに拒んでいるので山崎を利用しているのではないか？　いやいや違う。私自身が見たいのだ。だが山崎には母の恥部を見せたくなかった。だから二階には近付かないことにしていたのである。山崎が居ない今なら寝室をこの目で見ることができる。大きく息を吸って、吐いてから私は階段を上がった。一歩一歩踏み締める。なぜかは分からないが、その寝室を見れば母の自殺した理由が突き止められるような気がした。

〈かあさん、なんで俺《おれ》を連れて行ってはくれなかったんだよ〉

その思いがいつも私の中にある。母のように腐り果てて死んでいくのが怖い。だから死ねなかった。死にたいと思ったことが何度もあった。けれど死ねなかった。生きていて面白かったと心底感じたことは一度もない。現に今だって妄想に悩まされている。幸せなまま母と一緒に死んでいたらどんなに楽だったことだろう。包帯でぐるぐる巻きにされた母の姿など見たくはなかった。

ようやく二階に達した。

天井の明かり取りから注《そそ》ぐわずかの月光が辛《かろ》うじて廊下をほの暗く見せている。私の足は迷わずに父母の寝室を目指していた。と、突然、白い影が私の横に現われた。一瞬のことだが母の姿に似ていた。私は目を壁に向けた。どきどきと心臓の音が耳に響く。なんだ、と思った。そこには割れた鏡が飾られていた。自分の姿が映っただけなのである。母と見えたのは私の心の迷いに過ぎない。

気を取り直し、数歩進んでから首を傾《かし》げて振り返った。鏡のあった場所は真っ暗だった。どうして私には鏡が見えたのだろう。両腕に鳥肌が立っていく。

本当にあれは私の顔だったか？

もう一度鏡の前に戻る勇気はなかった。鏡だったのだと自分に思い込ませるしかない。

私はやっと寝室の前に辿り着いた。

ドアノブに手をかけた途端——

中から笑い声がした。男の笑い声だ。

私はドアに耳を押し付けて聞いた。

この別荘にはだれも居るはずがない。

女の笑い声がそれに重なった。

男に甘えている。私の怒りは頂点に達した。

私は思い切りドアを押し開けた。

眩《まぶ》しい明かりの中に二人が見えた。二人はベッドの中でもつれ合っていた。女の真っ白な尻が私の目の前にある。男は私と分かって目を丸くした。慌てて女を除《ど》けようとする。だが女は不意の乱入に驚いたのか身を強張《こわば》らせている。痙攣《けいれん》で離れられなくなったのだ。男は逃げようと必死になった。女は痛さに悲鳴を上げている。

二人は繋がったままベッドから転げ落ちた。醜い。あまりにも醜い。私は泣いた。

こんなにも私は苦労に耐えて来たというのに、この人はただ逃れて安酒場の女とこうしていたのだ。済まないと書いて残した手紙は嘘《うそ》だったのだ。二人の子供はどうするつもりなの？　もしかして、と思って追いかけた私が馬鹿だった。この人には私たちを思う心などひとかけらもない。自分さえ逃がれられたらそれでいいのだ。見知らない町に姿を消して、この若い女と暮らそうと思っているに違いない。私は女の赤い髪を引っ張り上げた。女は怯えて夫にしがみつく。夫は女にのし掛かられて身動きが取れないでいる。私は帯紐を解くと女の細い首にぐるぐると巻いた。夫は私の腕を握った。私は構わずに女の首を絞め続けた。女は息絶えた。夫は女とくっつき合ったまま懇願した。許さない。私はどうしてもこの男が許せない。私は夫の首にも帯紐を巻き付けた。借金を返す算段ができたんだ、と夫は訴えた。あなたの嘘はもう聞きたくない。よそに女がどれだけ居るか知らない私とでも思っていたの？　子供のためにいい母親を演じるのはもうたくさんなの。私はこれ以上我慢できない。夫の首の骨の折れる音がした。

しばらくして私は立ち上がった。

真っ暗な部屋に私は立っていた。

幻覚だ、と私は思っていた。

母が私に乗り移り、あの日のことを教えてくれたのである。父親は失踪などしていない。恐らく若い女の死骸と並べられて裏の森にでも埋められているのだろう。その始末をつけてから母はこの部屋で自殺したのだ。

私はひそひそと泣いた。

泣きながら私はまた壁に白い影を認めた。

窓から差し込む月光が照らしている。

私は目を動かした。

そこにも鏡があった。壁に据え付けた姿見《すがたみ》である。その中に母が立っていた。

私は思わず後じさった。

本当の恐ろしさが私を襲ったのはその瞬間だった。鏡の中の母も両手を広げて後ろに後退したのである。私と母は向き合った。

鏡のどこにも私の姿はない。

鏡の中の母も驚いている。

私は体に触った。

私は鏡の中の母とおなじ着物を着ていた。

足元には二人を殺したばかりの帯紐が落ちている。私は拾った。鏡の中の母も帯紐を手にしている。私は鏡に掌を当てた。母の掌とそれはぴたりと重なった。

なぜ私が母になってしまったのだろう。

暗いベッドの上にだれかが寝ている。

私は近付いて確かめた。

山崎の死体だった。

〈いい気味だ〉

私は笑った。おまえが私の妻と外で会っているのは知っていたよ。いつか殺してやろうと決めていたんだ。

私はもう一度鏡の前に立った。

母が白い顔で笑っている。

人を殺すと、だれもがこういう姿になるのかも知れない。

懐かしい夢

夢というやつは本当に不思議なものだ。知らない町や知らない人間が、ごく当たり前のように登場するばかりか、夢を見ているぼくの方も、ずうっと前からそれに馴《な》れ親しんでいたかのごとく自然に入り込んで行く。

一昨日《おととい》など、互いに「ちゃん」付けで名前を呼び合っている親友と激しい口論の末に取っ組み合いの喧嘩《けんか》となって、ごろごろと草の斜面を転がり落ち、体中血だらけになった夢を見たのに、目覚めてよく考えてみたら、それがだれなのか分からなかった。夢の中の顔と名前は鮮明に思い出すことができた。けれど、ぼくの周りにその顔と名前のあいつは存在しない。しばらくは頭がぼうっとなった。ぼくは夢の中で確かにタケちゃんと呼び、あいつの美人の姉さんのことや、郵便局に勤めている親父《おやじ》さんのことまで知っていたというのに、ぼくの世界にあいつは絶対に存在していない。なんだか悲しかったんだ。すごく気の合う相手だったんだ。もう一度眠ってあいつに会いたいと切実に思った。けれども……夢は自由にならない。

そんなことが夢では頻繁に起きる。

四、五日前は、まったく知らない町をうろうろと歩き回っていた。やけに夕焼けの綺麗《きれい》な町で、中心の十字路に面したレンガ造りの古い銀行の丸い大きな時計にも、その薄桃色の空が鮮やかに映っていた。時間は五時四十二分。そんな細かなことまで夢ははっきりと見せてくれる。ぼくは自分の家を探していたんだと思う。でも、そこはぼくの住んでいる東京ではないんだから見付けられるはずがない。なのにぼくは必死で歩き回っていた。この十字路を右に曲がれば二つの大きな本屋が道路を挟んで向かい合っているんじゃなかったか？　ふと頭に浮かんで足を進めたら、まさにその通りだった。一つの本屋のショーウィンドーを覗《のぞ》いた。今週の売り上げベストテンが飾られている。全部知らない本だったが、ここに書けと言われたら作者と書名を直《す》ぐに五つや六つ並べることができる。十分近くはそこに立ち尽くして眺めていたんだから。そうしていると本屋の隣りの床屋から吉田先生がでてきたので慌てて挨拶《あいさつ》した。先生は、早く家に帰るように、と言い残して自転車で立ち去った。ぼくの家を知っているんですか、と訊《き》きたい気分だった。この大通りは知っている。

しかし、その先の道がよく思い出せない。仕方なくぼくは大通りを人波に従って進んだ。前方の角に二面がガラス張りの明るい店舗が見えた。ケーキ屋だ。中には三人の若い女の子が働いている。一人の笑顔に見覚えがあった。それに、あの店の自慢のシュークリームの味も。生クリームとカスタードが半々に詰められていて、真ん中から食べるとすごく美味《おい》しい。大きさも普通の倍近くはある。あの店で働いているマリちゃんがときどきお土産《みやげ》に持ってきてくれた。マリちゃんはぼくの兄貴の恋人だ。それで弟のぼくの機嫌を取ろうとしていたのだ。おかしいよね。ぼくには兄貴なんていないのに。でも、夢の中ではちゃんと兄貴がいて、何年も一緒に暮らしていたような実感が同時にある。今も兄貴のことを思うと甘酸《あまず》っぱい懐かしさが込み上げてくるんだよ。夢の世界でのぼくは兄貴に叱《しか》られてばかりさ。十二歳も離れているから頭が上がらない。兄貴は昔ロックをやっていたくせに、今は真面目《まじめ》に印刷会社のデザイン課に勤めている。自分のデザインした広告が新聞に掲載されると機嫌がよくてさ、せがむとたいてい玩具《おもちゃ》を買ってくれた。あんな兄貴が本当にいたら頼りになっただろうな。でも、顔は好きじゃない。あの男なんだもの。ほら、向かいのマンションに住んでいる刑事。いつも暗い目をして、じろじろとこっちを窺《うかが》っているやつ。あれだぜ。最低だよな。なんであいつが夢の中ではぼくの兄貴になってしまうんだろう。夢を見た日は少し優しい気分になって、あいつとバス停で出会ったときに思わず笑顔で挨拶してしまったけど、あいつはなんの反応もなし。夢の中の世界の方が現実よりずうっと暮らしやすい。

今日見た夢は、もっと不思議だった。

まるで夢の続きなんだ。

メンバーもお馴染《なじ》みさんばかり。君もちゃんと登場したよ。それが気持ち悪いの。だって君はぼくのおふくろなんだぜ。白いエプロン姿で台所に転がっていた。学校から戻ったぼくはそれを見付けて泣いた。大好きなおふくろが死んでるんだ。君は、いやおふくろは緑色の液体に包まれていた。触るとねばねばした。なんだろうと思って調べたら、そいつはいつの間にか家に入り込んできた生き物だった。笑うなよ。どうせテレビで見たばかりの液体人間が頭に残っていたって言うんだろ。そうだよ。そんな夢を見はじめたのは、あの映画以来だってことも承知している。単純な男ですよ、ぼくは。でも、すごいリアリティだったよ。怖かった。そいつはおふくろの指の爪の隙間《すきま》からどんどん染み込んでいく。反対におふくろの口から脳とか内臓が飛び出てくるんだ。ぼくはなにもできずに見守っていた。そこに兄貴が現われた。兄貴は包丁を振りかざしておふくろに飛び掛かった。死んでいるはずのおふくろが目を開けて笑ったからだ。おふくろは兄貴が突き出した腕を簡単に摑《つか》まえると、ひょいと捻《ひね》った。ぼきぼきと兄貴の腕が折れた。白い骨が肉を裂いて飛び出た。そこを緑色の液体が襲った。たちまち兄貴は緑色のやつらに包み込まれてしまった。ぼくは悲鳴を発して家から逃れた。玄関のドアを開けたら親父が立っていた。ぼくは親父に取り縋《すが》った。親父はぼくをしっかりと抱えて中に戻った。暗い廊下が緑色のやつらのせいで輝いていた。見えているはずなのに親父は気付かない。ぼくが嘘《うそ》を言っていると思ったんだろう。ああ、これは夢なんだ、とぼくは気付いた。いつも見る夢に過ぎない。だって親父はその二日前に死んでいるんだよ。交通事故に巻き込まれてさ。いや、もちろん夢の中の親父のことだ。入院している親父のことじゃない。顔はまったくおなじなんだが、夢の中ではなぜか交通事故で死んでいる。説明なんてできないよ。それが夢の不思議さだと言ったじゃないか。

とにかく、ぼくは親父が死んでいることを思い出した。だから、これは夢だと気付いたってことさ。それでなんだか安心してそのままにしていた。親父はぼくを抱えながらどんどん奥の部屋にいく。そこにはおふくろと兄貴が待っていた。二人は親父が死んだことも忘れているらしく、にこにこと出迎えた。ぼくは二人の前に座らせられた。おふくろがぼくの髪を乱暴に摑んで洗面器に顔を押し付けた。それには例の液体がぶよぶよと蠢《うごめ》いていた。ああ、そう言えば親父の体にもこれがくっついていたっけ、と思い出した。最後の別れのときに棺桶《かんおけ》の小さな窓から親父を見下ろしたら、頬や目玉のところにこいつらが張りついていたんだよ。そのお陰で親父は火葬の前に棺桶を破って出てきたんだ。そこに居合わせたのはおふくろと兄貴とぼくの三人だけ。立ち上がった親父の口から緑色の液体が噴き出て、ぼくたち全員に襲いかかってきた。それから皆がおかしくなったんだ。おふくろと兄貴は、たまたまやってきたマリちゃんを殺すと棺桶に押し込んで親父の代わりにした。ぼくはそれを知っていたけど、だれにも言わなかった。ぼくにも緑色のやつがだいぶ入り込んでいたからね。でも親父のように死んではいないから少しは気が咎《とが》めた。兄貴もそうだったんだと思う。だからおふくろを殺そうと機会を狙《ねら》っていたんだ。そうだよ、おふくろを殺したのは兄貴だったんだ。それからのことは分からない。ぼくの口から連中が入り込んできて、わけが分からなくなった。そこで目が覚めた。

まったく、ひどい悪夢さ。

知らない町に、知らないマリちゃんや知らない兄貴。どうなっているんだろう。もしかして、あれは前世と関係でもあるんだろうか。でも、前世なら君や刑事が登場するのも変だよな。潜在意識だとしても、さっぱり説明がつかない。親父がそのまま親父だったのも奇妙だろ。と言って予知夢とも違うみたいだ。

頭が変になりそうだよ。こんな夢ばかりここ何日も見続けている。なんで君がおふくろなんだい？　おかしくて笑っちまうぜ。

チャイムの音がして美知子《みちこ》がドアを開けると、そこに例の刑事が立っていた。

ぼくはびっくりしてトーストを床に取り落とした。美知子と刑事は親しそうに笑い合っている。刑事がずかずかと部屋に上がり込んできた。ぼくは怯《おび》えて包丁を握った。

「またぶり返したのか」

刑事はぼくから包丁を取り返した。

「あのガキの記憶が取れないってのも困りものだな。それだとおまえまで処分されちまうぞ。当分は会社を休むのが安全だ」

刑事は兄貴の顔でぼくに忠告した。ぼくはぼんやりと頷《うなず》いた。本当だ。ぼくはまだあの少年のつもりでいる。殺して入れ代わったはずの少年のつもりで。

花火

それに気付いたきっかけは麻美《あさみ》の言葉だった。帰りの車の中でぼくは昨夜の花火大会に何人かの盲目の若者たちが招かれていたことを話題にした。自分たちが精魂《せいこん》傾けて拵《こしら》えた花火だ。楽しんでくれるのはもちろん嬉《うれ》しい。けれど盲目の人たちを招待するのは少し気の毒ではないのかと、主催者であるホテルに対して怒りを感じていたのである。それを知ったのは花火が終ってからのことだったので、いまさら何を言っても仕方がないが、あまりにも無神経としか思えない。ところが麻美の返事は違った。麻美は直接彼らと話を交わしたと言う。おなじように空を見上げて嬉しそうにしていたので最初は目が不自由だとは思わなかったそうだ。ただ、皆が掌を大きく開いて空にかざしていたのが気になった。

「それで、声をかけてみたのよね。そしたら皆、目を瞑《つぶ》っていたのでびっくりしちゃったけど……掌で音を一杯感じているんだって。尺玉の大きな爆発やスターマインの弾《はじ》ける連続音がすると本当に楽しそうな顔してた。子供の頃に見た花火が頭の中に咲いてるって言ってた女の子も居たわ。私たちって、色とか大きさだけで花火を見ちゃうけど、そういう楽しみ方もあるのよ。こんなに近くで見たのははじめてだって感激してたわ」

麻美の言葉にぼくたちはただ頷《うなず》くしかなかった。虚を衝《つ》かれる思いだった。

「そうすると、今後は音の組み合わせってやつも考えなくちゃいかんかね。ドラムでも叩《たた》いているような音とかさ」

助手席の松田《まつだ》の親父《おやじ》さんがぼくに言った。祖父の代から店《うち》の煙火《はなび》職人として働いてくれていて、半年前に亡くなった母親が一番頼りにしていた男だ。彼の拵える二十号玉の迫力は日本中の煙火師に知れ渡っている。細かな仕掛けはなく、どーんとおおらかに開く牡丹《ぼたん》の豪快さはプロでないと凄《すご》さが分からない。二十号玉となると玉の直径は六十センチ。中に詰める星の数も千五百近い。その一つ一つの星の色を決め、玉詰めして仕上げの玉貼りまでの工程を含めれば軽く四ヵ月はかかる。たった三十秒で消える花火のためにそれほど費《つい》やすのだ。それだけにベテランの煙火職人には名人気質《かたぎ》が多い。その松田の親父さんが音の組み合わせを気にしはじめるところに、店の衰えが本当は表われている。ぼくの営業力の足りなさで、二十号玉を近頃では滅多《めった》に打ち上げることができない現状だ。主催者は安くて派手な演出の花火ばかりを求めてくる。

「音ってのは面白い。工夫《くふう》次第じゃジャズって言うのか、それに合わせてやれるかも知れんぜ。今度の隅田川の大会にだしてみようか。音とは気付かなかった」

「音を優先すれば花火の流れが狂っちゃうよ」

大輪の菊や牡丹は夜空の静寂を待ってからこそ美しく咲く。親父さんに言いつつ、ぼくは奇妙な思いに捕《と》らわれていた。あの違和感は……あるいはそういうことではなかったのか？　演出の天才と賞賛されていた母親だったが、S市の花火だけはなぜかいつもちぐはぐな気がしていた。小さな町の花火なので実験をしているのだ、と母親はいつも職人たちに詫《わ》び続けていたけれど……ひょっとして母親も音の演出に挑戦していたのではないか。

「なるほど……言われてみりゃあ」

松田の親父さんも小さく首を振った。

「おかみさんからそれを聞かされたことはねえが……あの花火は確かに変だったよ」

「大した金も貰《もら》えないのに尺玉を派手に飛ばしたり、早打ちを半端に繰り返したり……」

「ほんとさ。あそこは損の方が多かったぜ」

「結局、失敗したってことか」

しかし、失敗かどうかは分からない。母親の狙《ねら》いが音の組み合わせにあったなど、これまで一度として考えてはみなかったのだから。

「花火台帳を見て調べてみるよ」

まさか、それが母親の秘密に触れることになるとは、このとき少しも思わなかった。


花火の打ち上げは危険な作業である。火薬を大量に用いるので油断すれば吹き飛ばされる。しかも暗い闇の中での仕事だ。だから段取りは慎重に決められる。七、八人の職人がわずかの手順の狂いもなく運べるように台帳が作成される。打ち上げ筒の配置を決め、間合いや組み合わせを定めるのもこの段階だ。音楽家が楽譜を眺めて音を想像できるように、ぼくたちも花火台帳を読めば夜空にどんな絵が描かれるのか見当がつく。細かく玉の種類も記入されているので、あらゆることが分かるのだ。音さえも頭に鳴り響く。

家に戻ったぼくは母親がこれまでに作成した台帳の山からS市の分だけを抜き出

して読みはじめた。二十年以上もこの町には続けてでかけている。いくらで請け負っていたかは知らないが、七号玉以上をいつも百発近くも使っている。これでは予算を度外視した仕事だ。それがまず気になった。そもそも他の花火大会で母親はこんなに無造作《むぞうさ》な演出は絶対にしない。花火は強弱の組み合わせだと力説していた。極端に言うなら一発の尺玉の感動を与えるために早打ちや仕掛けのけれんが効果をもたらすのである。ただ大玉を打ち上げ続けるなら素人にだってやれる。

やはり音を意識していた可能性が強い。ぼくは台帳通りに間合いをとったりしながら音を口にしてみた。

「どーんどーんどーん、どーんぱぱぱどーん、ぱどーんぱどーんぱ、どーんどーんぱどーん」

音に合わせて空想の花火が咲く。凄い派手な花火だ。一、二分の間に大玉が十一発も空に広がっている。そこに早打ちで小さな花を重ねているわけだが、それはたった七発。これは十七年前の台帳だからぼくが六歳のときで、もちろん覚えていない。

音を計算に入れたとしか考えられない花火だ。これでは大玉の大輪ばかりで互いを殺し合う。小玉が大玉より少ないなんて有り得ないのだ。ぼくは次々にS市の台帳を捲《めく》った。

「どーんぱどーん、どーんどーんどーんぱどーん、どーんどーんどーん、ぱどーんぱ、ぱどーん」

「どーんどーんぱどーんぱ、ぱどーんぱどーんぱ、どーんぱぱどーんぱ、どーんぱどーんぱぱ、ぱどーんぱどーんどーん、どーんぱどーんどーんぱ」

忘れないようノートに書き付ける。書いているうち、だんだんと分かりはじめた。これは母親が得意としていたモールス信号なのである。祖父から学んだもので、母親はこれを用いて昔は懐中電灯で打ち上げの合図などのやり取りをしていたと聞いている。体に馴染《なじ》んでいたものだ。ぼくは百科事典を探した。モールス信号の表がやがて見付かった。それといちいち突き合わせる。想像は当たった。

きちんとした文字となる。

だが、それは思いがけない言葉ばかりだった。ごめんね。忘れない。しんもきてる……しんとは、きっとぼくの名前の真一《しんいち》のことに違いない。母親はいったいだれに謝《あやま》っているのだろう。そして、その相手はぼくの存在まで知っている。頭が混乱した。問い質《ただ》すにも肝心の母親は脳溢血《のういっけつ》で死んでいる。第一、花火でしか謝ることができないなんて信じられない。直接言えば簡単だ。それとも、会ってはならない相手だったのだろうか。S市にはいったいなにがある？　直《す》ぐに思い当たるものがぼくの頭に浮かんだ。けれど、それと母親との繋《つな》がりがどうしても分からなかった。

その夏の終り。ぼくはS市を例年通りに訪れた。松田の親父さんたちは損になるから止《よ》せと反対したが、この町にはぼくの花火を待っている人間が居る。その相手はなにも知らない。

普通の花火を続けて中休みのあと、ぼくは母親がしていたように特別の花火を打ち上げた。大輪の菊や牡丹が次々に咲き群れる。

どーんぱぱぱ、どーんぱぱぱ、どーんどーんぱどーんぱ、どーんどーんどーんぱどーん。

ぼくからのメッセージはいつもより長い。それはS市の刑務所に入っているはずのぼくの父親へのメッセージだった。

ぼくは父親の顔を知らない。生まれたときから父親は居なかった。松田の親父さんにそれとなく聞き出したところでは、流れの板前だったそうだ。祖父に猛反対されて二人は駆け落ちした。そして一年後にぼくをお腹に抱えて母親は戻ってきたのである。それきり父親の消息は知れない。母親も頑《がん》として口にしなかった。だが、ぼくは確信していた。知らない町で二人は暮らしていて、たぶん母親がなにかのトラブルから人を殺したに違いない。ぼくがお腹に居たので父親は母親の代わりに罪を背負って警察に出頭したのだ。絶対に面会にはくるなと言われたのだろう。それでも母親は会いたかった。この町にきて、いつまでも恩を忘れないと繰り返したかったのだ。息子も側《そば》に居ると言いたかったのだ。今でも愛している、と。

独房に押し込められていては恐らく花火を見ることもできない。それでも花火の音は父親の耳に届く。あの母親のことだ。若い頃、父親とモールス信号で秘密のやり取りをしていたことは十分に考えられる。花火を通して二人は一年に一度心を交わし合っていたのだ。

なのに母親はぼくになに一つ打ち明けずにぽっくりと死んでしまった。知った以上はそれをぼくが引き継がなければならない。

「こりゃまた派手だね」

若い連中に任せて松田の親父さんがぼくのとなりに戻ると空を見上げた。

メッセージは終りに近付いていた。松田の親父さんはなにも知らないが、ぼくは父親に届いたはずの言葉を胸に繰り返していた。

母死す。真一です。父さんありがとう。また来年もくるよ。

音とは無縁に夜空に綺麗《きれい》な花が咲いている。

さむけ

1

「やだっ、なによこれ」

カンコの声に私は目を向けた。カンコが布団から抜け出たことはもちろん知っていたが、面倒なのでそのまま目を瞑《つぶ》っていたのだ。カンコは畳に落ちたものを薄気味悪そうに見下ろしていた。

「なんだよ」

「カミソリの刃よ」

「それがどうした？」

「服を取ろうとしたら頭の上に落ちてきたんじゃないの」

「どっからだって？」

私は上半身を起こして畳に落ちている刃を確かめると上を眺めた。なにもない。

「鴨居《かもい》の隙間《すきま》に入ってたに違いないわ。ハンガーごと取ったら飛び出したのよ」

「なんでそんなとこに……服に最初からくっついていたんじゃないのか？」

「バカ言わないで。それなら脱ぐときに気が付くわよ。だいたいなんで服にカミソリがくっつくわけ？」

カンコはそれでも服を何度も振り払った。

「鴨居にカミソリがある方がおかしいさ」

「あたしじゃないわ。絶対に」

カンコは手早く服を着ながら言った。声が甲高《かんだか》い。それで店のママがカンコと名付けた。

「このマンション変よ。鍵がいろんなとこにつけられててさ」

「そりゃ、見られたくないとこが一杯あるんだろうさ。俺《おれ》だって人に貸すときはそうする」

「いい加減にして自分のアパートに戻ればどう？　なんだか気持ち悪い」

「便利なんだ。それにあいつはまだ一月《ひとつき》は日本に戻って来ない。それまでは管理する約束だ。気持ち悪いんなら来るなよ」

私は布団に横になってたばこを喫《す》った。昨夜だって誘ったわけではない。一時過ぎに電話してきて自分から訪れて来たのだ。スタイルは抜群だが、ぺらぺらとうるさくて疲れる。

「ビデオの棚にまで鍵をかけるなんて、ちょっと異常じゃないの?」

「俺だって嫌だよ。コレクションをいじられるのはな。あんなに綺麗《きれい》にラベルをつけて分類してるんだ。大事なもんに違いない。ビデオが見たけりゃレンタルで借りればいい」

「もう来ないわ」

カンコはフンと鼻を鳴らして出て行った。

この前も喧嘩《けんか》して出て行った。なのに店で少し酒が入ると忘れて電話してくる。もっとも、これきりになったところでこっちも構わない。なりゆきで出来上がった関係でしかない。洋服と少女マンガとワイドショーにしか興味を持っていない女だ。

枕元の灰皿にたばこを揉《も》み消すと、また黒い刃が目についた。すっかり錆《さ》びている。

私は腕を伸ばしてカミソリの刃を抓《つま》んだ。確かにカンコの服に付着していたものではないらしい。服の切り裂きが目的なら新しい刃を用いるだろう。やはりハンガーのフックが鴨居の隙間に入っていた刃を飛ばしたとしか思えない。大工の忘れ物とも考えられない。私は布団から出ると鴨居の隙間を指で探った。埃《ほこり》が溜まっている。横に滑らせた指に鋭い痛みが走った。慌てて引き抜く。中指の先が切れていた。血が滲《にじ》んできた。ヒリヒリと痛い。

〈くそっ〉

カミソリで切ったのだ。隙間に挟まっていたのは一枚ではなかったようだ。絆創《ばんそう》膏《こう》を指に貼ってから私は椅子《いす》を持ち出して鴨居を調べた。隙間を覗《のぞ》いてざわざわと寒気を覚えた。そこには三十センチ間隔でカミソリの刃が並べられていたのである。

泥棒避《よ》けだと直《す》ぐに分かった。

鴨居の隙間に金や預金通帳を隠す人間は多い。泥棒もそこは心得ていて真っ先に鴨居を調べるとテレビで見た記憶がある。

だが――

これでなんの効果があるのだろう？　指を切ったからと言って泥棒が諦《あきら》めるはずがない。むしろ逆効果というものだ。もっと真剣になって鴨居を捜《さが》す。椅子を使えば危険はない。

〈馬鹿な野郎だな〉

大真面目《おおまじめ》な顔で鴨居にカミソリの刃を並べている藤田《ふじた》の姿を想像しておかしくなった。

〈だから留守を頼んだってことか〉

こんなに泥棒が心配であれば長期間マンションを留守にはできない。頭を下げてでも留守を頼みたくなる理屈である。南青山に近い3LDKのマンションに二ヵ月も家賃なしで住めるとなればたいがいが引き受ける。と思ったが、藤田に言わせるとこれが案外とむずかしいらしい。定期券の問題や子供の学校のことがあって、家族持ちのサラリーマンはまず断わる。一年以上なら考えるかも知れないが二ヵ月は半端だ。家具はそのままなので女も嫌がると言う。学生は仲間の溜まり場となる可能性があるので藤田の方で断わっている。結局は私のように定職を持たず、都心から離れたボロアパートに暮らし、独身という辺りに絞られる。藤田は金持ちで年に二度ほどはこうして日本を留守にする。毎回留守番捜しに苦労していると言っていた。でなければ付き合いの浅い私にまで頼むわけがなかろう。

むろん私だって二つ返事で引き受けたわけではない。藤田は私が関わっている同人誌につい半年前から加わった男で、この話を持ち出されるまで数度しか会っていない。私が藤田なら簡単には信用しないだろう。裏があるのではないかと一応は疑った。だが実際にマンションへ案内されて心が動いた。なにか理由があったとしても私には失う物がない。小説を書く上での貴重な経験にもなる。なにより藤田が私のこれまでに書いた作品を熱心に読んでくれていると分かったのが大きかった。急速に私は藤田に親しみを覚え、喜んで留守番を引き受けたのである。

〈だが……〉

カンコが言う通り、このマンションは確かに変だ。いつもだれかに監視されているような気がする。それは当の藤田も言っていて、それも留守を頼む原因になっているらしい。なんで監視されるのかと訊《たず》ねてみたが、藤田も首を捻《ひね》っていた。しかし、向かいのマンションから双眼鏡で覗いている男の姿を見たのは確かだと言い張る。

私はそっと窓脇に立った。レースのカーテン越しに小公園を挟んだそのマンションが見える。藤田が怪しんでいるのは三階の右端の窓だ。おなじ階なので、その気になればすっかりこちらを覗くことができる。反対に向こうの窓はいつも厚そうなカーテンで塞《ふさ》がれている。わずかの隙間から双眼鏡を使われたら、こちらには分からない。いかにも疑わしい。この一ヵ月、私もあの窓のカーテンが開《あ》けられているのを見たことはなかった。晴天の日も閉じられているのだ。そのカーテンの後ろに私は巨大な目玉の存在を感じて、なにやら薄ら寒い思いに襲われた。いったいどんな人間があそこには住んでいるのか？　もっとも、覗き見が事実としても藤田の部屋が目的とは限らない。こちらには銀座辺りのクラブに勤めているらしい女が何人か暮らしている。深夜にエレベーターでよく出会う。その女たちを覗いている可能性の方が強い。留守勝ちの藤田がそれを自分の監視と思い込んでいるのに過ぎないかも知れない。それとも……藤田には監視に思い当たることでもあるのか。私は藤田がなにをしている男なのかまったく知らない。親の遺産があるので働かなくて済むと口にしていたが、年に半分近くも外国暮らしをするにはいったいどれだけ金がかかるのだろう？　親の遺産云々《うんぬん》も藤田の言葉だけで本当かどうか分からない。ひょっとして麻薬などの密輸に関わっている人間なのではあるまいか。その証拠などをこの部屋に隠しているためにどうしても留守番役が必要だということは考えられないか？　そういう男なら監視を恐れても不思議ではない。しかし……そういう男と同人誌がどうも結び付かない。小説家志望の犯罪者が居《い》ないとは限らないが、やはり掛け離れ過ぎている気がした。なにもすることのない金持ちの若者が暇潰しに小説を書いているると想像する方が遥《はる》かに現実的だ。

私はベランダに出て向こうの窓とわざと向き合ってみた。分厚いカーテンが少し揺れたように思われて嫌な気持ちになった。

軽い体操をしてから戻り、大きなリビングのソファに腰掛ける。イタリア製のものとかでセットで百五十万もするそうだ。真っ赤な革が部屋を引き立てている。たとえ念願の物書きになれたとしても、こういうソファとは一生縁がないだろう。目の前には大型のハイヴィジョンテレビが据《す》えられている。スピーカーもJBL。秋葉原に中古のノートワープロを探しに行ったついでに調べてみたら一組で二百万もするスピーカーだった。アンプやビデオも超高級品に違いない。親とはまったくありがたいものだ。私の親なら、たとえ死んでも借金しか残してくれないだろうが。が、カンコの言うちぐはぐさはここにもある。オーディオやソファには目茶苦茶金をかけているのに、キッチンやトイレにはほとんど手をつけていない。寝室も立派なダブルベッドを置いてあるだけで壁にはなんの飾りもない。私の寝泊まりしている和室も簡素なものだ。インテリアになんの関心もないように思えるが、だとしたらこのソファはなんだろう。親の家にでも置いてあったものか？　それ以外に考えられない。嵌《は》め込みの鏡がやたらと多いのも気になる。とにかく妙な男であるのは私も否定しない。物書き志望にはそういう連中が多い。ダニを嫌ってアパートの畳を全部取り払い、新聞紙を敷き詰めて暮らしている仲間も居るくらいだから藤田程度のことで驚きはしないが、キッチンに鍋や食器がほとんどないのには呆《あき》れた。コンビニの弁当で間に合わせているそうだ。書斎には鍵が掛けられていて、藤田に案内されたときしか入っていないのだが、本棚はすべてがダンボールで占められていた。資料とビデオだと説明していたが、どんなビデオなのだろう。まぁ、なんであろうと私には関係がない。要《い》らないと断わったのだけれど藤田は三十万を置いていってくれた。束の間でも贅沢《ぜいたく》な気分を味わえたら満足だ。昨夜買ってあった缶コーヒーとサンドイッチで胃袋を満たしながら書きかけの原稿を読み返した。幼い少女をいたぶって殺害する場面の描写がまだまだ弱い。新人賞に応募するつもりの作品だ。度肝《どぎも》を抜く殺人を構築しないと読み流される。現実はもっと残虐な事件に溢《あふ》れている。それに負けるようでは結果は明らかだ。目玉をくりぬき、口に耳をくわえさせておくぐらいでは既成作家の真似《まね》としか見做《みな》されない。まったくやりにくい時代になったものだ。目玉を抉《えぐ》ってももはやだれも驚きはしないのだ。

借りてあるレンタルビデオでも見ようと思い物色したが、どうも気分が乗らない。オーディオセットの隣りには古風な飾り戸棚があって藤田のビデオが納められている。鍵が掛けられているので見られはしないが、タイトルを眺めた。私の小説が好きなのは趣味が似ているからだろう。チェンソー・クィーンとか切り裂きジャックの実録物などがずらっと並んでいる。すべて見たものばかりだ。しかし『幼女丸焼き事件』はもう一度見てみたい気がする。香港映画のB級作品だが実話の再現なので殺しの場面だけはリアリティがあった。把手《とって》を引いたがもちろん開かない。その扉に私は妙な物を見付けた。観音開きの扉の真ん中に細い髪の毛が横に貼り付いている。細いセロテープで落ちないように固定されていた。よくスパイ映画で見掛けるやつだ。うっかりと開ければ髪の毛が落ちて、中を調べたことが発覚する。鍵を掛けただけでは安心できなかったと見える。だいたい、たかがホラービデオのコレクションに過ぎない。こんなものを盗む泥棒は居ない。そこまで考えて不思議になった。それは藤田だって分かっていよう。藤田は泥棒を案じているのではなく私を警戒しているのだ。鴨居のカミソリの刃にしても、入ってしまった泥棒にはなんの意味もないものだ。

〈ふざけるんじゃねえぜ〉

不愉快になった。だったら留守番など頼まなければいい。私は鍵の掛かっているところを全部調べて回った。髪の毛の仕掛けはあちこちで見付かった。書斎の扉もむろん封印されている。異常としか思えない。こんなに神経質な男が二ヵ月も他人に留守を任せられるものだろうか？　私には逆にそれが藤田の誘いの罠《わな》のような気がしてきた。私が鍵を開けることに手慣れているのは小説を読めばだいたい想像できるに違いない。なんだか藤田が薄気味悪くなる。あいつは私の性癖を見抜いた上で留守番を頼んできたのでは？　空き巣狙《ねら》いをやっていたのは三年も前のことで、今はきっぱりと足を洗っている。小説のことだからと、うっかり筆が滑ったのは確かだ。読み手には敏感な者も居よう。藤田はそれに気付き、金持ちの道楽で今度のことを仕組んだのではないだろうか？　わざと目の前に餌をばら撒《ま》き、泥棒の証拠を入手して得意顔で警察に届けるつもりなのかも知れない。

〈舐《な》めるんじゃねえ〉

あんな若造に嵌められたかと思えば無性に腹が立つ。あいつは私を暇潰しの相手にしようとして接近してきたのだ。髪の毛の封印など私を標的にしているとしか考えられない。

こっちは藤田の親切を真《ま》に受けて、外国から戻って来たら友達付き合いをしようとまで考えていたのだ。金持ちの友人はなにかと頼りになる。それで藤田の言葉通りにこの一月を過ごしてきた。それが情けない。

〈だが……〉

そうなると監視者の話はどうなる？　なんのために藤田があんな話を持ち出して

きたのだろう。あ、と私は気付いた。あれは藤田自身のことではないのか？　そういう人間が居ると信じ込ませれば、私も警戒してなるべくは向こうの窓を見ないようにする。その上、まさかそれが藤田だとは想像もしない。別の人物と思い込む。

藤田は安心して私を見張ることができるのだ。

ベランダに出て藤田に喚《わめ》き散らしてやりたい衝動を必死で抑《おさ》えた。それをやればこっちの負けだ。こうなったら藤田の上を行くやり方で報復してやらなければ気が済まない。

〈おまえ、とんでもないやつを獲物に選んだな。後悔さしてやるよ〉

私は笑いが込み上がってきた。

この分だと部屋のどこかに盗聴マイクでも仕掛けられているのかも知れない。それを思うと闘志が湧《わ》いてくる。

〈昨夜は楽しんだかい？〉

カンコのよがり声は布団を押し被《かぶ》せてやりたくなるくらいにひどい。藤田も朝まで必死で聴《き》いていたことだろう。

〈そっちがそうなら望み通りに地獄を見せてやるぜ〉

私には策がぼんやりと浮かびはじめていた。

2

〈やっとその気になったか〉

ぼくはようやく動きはじめた画面を眺めてほっとした。一週間やそこらで片付くと見ていたのに一月もかかるとは思わなかった。見込み違いだったかも知れないと諦めて二日くらい前から中断まで考えていたのだ。これでやっと面白くなる。篠原《しのはら》は絶対なにかしでかす人物だと睨《にら》んでいた。あの薄気味悪い小説を読めば分かる。犯罪者であるのは間違いない。あいつの暮らしを記録すれば面白いものになるだろう。そう考えて仕掛けた罠だったが、あいつはなかなか尻尾《しっぽ》を出さなかった。まったくなにを考えて生きているんだろう。熱心に小説を書いているときは不安になった。頭のいい篠原のことだ。もしかしてこっちの罠と感付いて内心で嘲笑《あざわら》っているんじゃないかと思ったほどだ。訪ねて来るのは、あの馬鹿な女がたった一人。コンビニに弁当を買いに出掛ける以外は滅多に留守をせず、ただぶらぶらとしている。本当に留守番役なら適当な男だが、それでは投資が無駄になる。それに見合う映像を提供してくれないと莫大《ばくだい》な損害だ。もっとも、こっちだって金が一番の目的じゃないんだが、少しは回収しないとただの道楽で終わってしまう。三月《みつき》まえに撮影できた木下《きのした》の場合は効率がよかった。毎日のように女を引っ掛けて来ては3Pをしたり三組が入り乱れたりして売れ筋の商品が出来上がった。おかままで混じっていて笑わせられた。ぼくはセックスに興味がないから、どうでもいい映像だったけど、業者は二百万で買い取ってくれた。三十本もの裏ビデオを自分たちで制作するとなるとその五倍以上はかかる。しかもこっちのはヤラセじゃないんだから喜んで金を出す。ぼくの方はそうして得た金で篠原みたいな男とじっくり取り組むことができるってわけだ。カメラはマジックミラーの裏に隠してマンションの四箇所に設置してある。親が遺《のこ》してくれた部屋の改造は建築会社に勤めている仲間が請け負ってくれた。両親が事故で死んでくれたお陰でぼくには二億近い保険金が転がり込んだ。その金があればなんだって内緒でしてくれる。どうせ詰まらない世の中だ。好きなことをして暮らそうと思った。言わばあのマンションはぼくのスタジオなんだ。あそこにいろんなやつをおびき寄せ、好き放題にさせる。他人の暮らしを覗き見するほどわくわくするものはない。ましてやそれをあらゆる角度から記録できるなんて……テープ交換も直ぐ向かいに別の部屋を借りているからたやすい。わざと自炊が面倒にしてあるので獲物たちは外に食べ物を買いに出掛けるしかない。それを見澄まして留守の間に潜《もぐ》り込み、手早く交換すればいい。画質は落ちるけど防犯カメラなので二十四時間は途切れずに記録できる。一日に一度のチャンスはたいてい訪れる。

ぼくはカーテンの隙間から双眼鏡で篠原の様子を窺《うかが》った。まだ戻っていない。あいつにしては珍しい。だが、触れてはいけないと念押しした飾り戸棚や書斎の扉のノブに興味を示した以上、必ず今日か明日には我慢ができなくなる。それが人間というものだ。書斎の机の引き出しには二百万の郵便貯金通帳を入れてある。それを盗めばあんたはお終《しま》いだよ。でもぼくは警察に突き出すつもりはないんだぜ。ぼくはあんたのような男が好きなんだ。ぼくにはできないことをあんたはやっている。そういうやつの弱みを握るくらい楽しいことはないだろ？　これでぼくからあんたは一生逃げられなくなる。それを考えただけで勃起してくるよ。あんたに舐めて貰《もら》ったらどんなに気持ちがいいだろうな。でもぼくはおかまと違うぜ。犯罪者のあんたに勝ったからこそ興奮するんだ。あんたの人生を潰してやる。

3

テープの回収が楽しみで仕方ない。昨日、篠原はついに書斎の鍵を開けた。業者に特注したやつなのに篠原は一分やそこらで難無く片付けた。まったく期待通りの男だよ。見ていてこっちも興奮した。これでやっと書斎に仕掛けていたカメラが無駄にならずに済んだ。そっちのテープに入れ替えて見たら、書斎を二時間ほど丹念に調べている篠原の姿が綺麗に撮影されていた。間違いなくやつはプロだ。机の引き出しに貼ってある髪の毛もあっさりと見破られた。自分のセロテープで片方をしっかりと補強してから慎重に引き出しを開く。この映像がなければぼくもまさか篠原が引き出しを開けたとは思わないに違いない。鮮やかな手口にゾクゾクしてくる。手袋も忘れてはいない。篠原は引き出しの中を上から丁寧に眺めた。あらゆるものの位置を頭に刻み込んでいるのだ。それから物色しはじめる。サービスで入れておいたロレックスには見向きもしない。製品番号から動かぬ証拠となる。やつの小説の中にも書いてあった。やっぱり実体験だったというわけだ。通帳は二番目の引き出しの奥に隠してある。引き出しを抜かないと分からない。最低でも一時間はかかると予想していたが篠原は机に取り掛かってから十五分で見付け出した。印鑑も一緒にしてあるので現金とおなじだ。これで勝負は決まったと思ったが、篠原は中身を確かめてふたたび元の場所に戻した。欲が深いよ。二百万じゃ足りないってことかい。この様子ではまだまだ隠していると見当をつけたのだろう。まだ一月近くはぼくが戻らないわけだし、焦《あせ》る必要はないってことだ。さすがに専門家というしかない。篠原はそれからダンボールの方に取り掛かった。仕事も忘れて死体写真集をじっくりと眺めている。輸入本なので珍しい。どこまでもぼくと似ている。タイトルは暗号化してるけど、そこには死体の解剖や事故現場を撮影した非合法のビデオだってたくさんしまってあるぜ。

果たして今日はどんな姿を見られることやら。いったん手を染めたからには歯止めがなくなる。現にこのぼくだってそうだ。最初のうちはあっさりとしたセックスでも隠し撮《ど》りと思うだけで満足できた。今は乱交でも詰まらないと感じる。セックスの覗き見なんかじゃどきどきもしない。あいつもそうさ。そのうち部屋中を引っ掻《か》き回して、隠してあるカメラにも気付くだろう。どんな顔をするだろうな。早くその日が来ればいい。

ぼくはテープをセットして見はじめた。

おや？　昨夜は客があったようだ。長い髪の女でサングラスを外さない。女はカメラを背にする場所に座った。篠原もどこか警戒している。親しい関係ではなさそうだ。

「藤田はどこなの？」

女からいきなりぼくの名前が出て心臓が破れそうになった。篠原の客ではない。

「今は留守だよ。いつ戻るか分からん」

篠原は迷惑そうに応じた。だったら戸口で追い返せばいいのに。ぼくは不安に襲われていた。こんな女は知らないぞ。女と付き合っていたのは昔のことだ。

「あいつは悪魔よ」

女は低い声で言った。

「知ってる？　自分の親を殺したってこと」

ざわざわと鳥肌が立った。この女はなんなんだ？　なんでそれを知ってる？　でも本気じゃなかった。親父に怒鳴られた腹癒《はらい》せにブレーキにちょいといたずらしただけだ。

「知ってるさ。昔からの仲間だからな」

篠原の笑いがぼくには恐ろしかった。

「だから頼まれた。電話で呼び出したのは俺だ。しつこい女は殺すに限る」

女は仰天《ぎょうてん》して立ち上がった。女以上に驚いたのはぼくの方だ。篠原は昨日のテープでは執拗《しつよう》にぼくの手帳を調べていた。もしかしてあの中に昔の女の電話番号でもメモしていたのかも知れない。ぼくのことを疑っていた女だとしたらだれだろう？保険金が入った当座はいろんな女が接近して来た。うっかりとそれらしいことを洩《も》らした可能性もある。親が死んだことを喜んでいたんだから疑うやつがいても不思議じゃない。女はそれで分かるとして篠原の態度が分からない。篠原はソファからダッシュして女を取り押さえた。女が悲鳴を上げる。篠原の腕が女の首を絞める。ぼくにはどうしようもない。これは昨夜の出来事だ。女はぐったりとなった。篠原は女のスカートを捲《めく》ると下着も毟《むし》り取って犯しはじめた。女は死んだように動かない。本当に死んでいるらしい。がたがたと震えが来た。なのにぼくのあれは勃起していた。篠原の腰の動きに合わせてぼくも指を使う。半年ぶりぐらいで精液が勢いよく飛び出た。いつもはぬるぬると手を汚すだけだ。篠原も終わったらしく女の脚を摑《つか》んで画面から消えた。なかなかリビングに戻って来ない。嫌な予感に襲われて風呂場のテープと入れ替えた。早送りする。やっぱり篠原が姿を見せた。バスタブの方にレンズを向けてあるので篠原の姿はときどきしか映らない。けれど、していることは分かる。マジックミラーが血で汚される。

眩暈《めまい》がした。

まさかこんなことになるなんて。

血に染まった篠原の顔がアップになった。鏡の前で喉《のど》の渇きを潤《うるお》している。とても正視できない。芝居ではないかと途中で疑っていたぼくも、今は信じるしかなかった。この男は殺人鬼だったんだ。それを知らずにこちらから招いてしまった。あいつのことだ。もしかしたらなにもかも見通しているかも知れない。この部屋だって突き止めているかも。早く逃げないと次はぼくの番だ。

後ろでジッポーの蓋《ふた》を鳴らす音がしてぼくは椅子から飛び上がった。振り向くと壁に寄り掛かって篠原が立っていた。

4

藤田は笑いたくなるほど怯《おび》えていた。私はゆっくりとたばこに火をつけた。隠しカメラの存在は不審に気付いて直ぐに見抜いた。嵌め込みの鏡が多過ぎる。そんなことが可能かどうか最初は戸惑ったが、金があればできないことではない。想像が当たっているとしたなら藤田はきっとテープの回収に来る。近くに部屋を借りて監視している理由もそれだろう。私が留守にするのを見張るためなのだ。試しに私は出掛けるふりをしてマンションを見守った。藤田は間もなく紙バッグを下げて現われた。十分ほどで部屋から出て来て向かいのマンションに消えた。これで面白くなった。それならそっちの楽しみをもっと増やしてやるさ。そう考えて書斎にも踏み込んだ。わざとらしい場所に通帳を隠してあった。ますます確信が強まった。藤田は私が盗む瞬間を待ち構えている。嫌なガキじゃないか。

「思い知らせてやろうと思ってな」

私はたばこをカーペットに投げ捨てた。藤田はただ震えて私を見詰めている。

「大人をバカにすると痛い目に遭《あ》う。そのテープを警察に届けてもいいが……無駄だぜ。おまえに世話になった礼に楽しませてやっただけだ。女はカンコだよ。今もピンピンしてる。こっそりとここで見ていたが、親父《おやじ》さんたちのことを言ったときずいぶんと慌てていたな。図星《ずぼし》ってわけかい？　そんなことだろうと思ったぜ。おまえは悪党だ。殺しの場面を見ながらマスを掻いている姿は写真に撮っておきたかったよ。いい記念になった。これで立場は逆転したぜ。慰謝料は二百万じゃ済まねえ。面白そうな仕掛けだ。今日からは俺も加えて貰おう。おまえを警察に突き出したって一円の得にもならん」

藤田は芝居と分かってても怯えていた。私を見詰める目に恐怖が混じっている。

「臭《くさ》い飯を食うよりはましだろう。安心しろ。こっちも脅かして腹立ちも治まった。仲良くやっていこうじゃねえか」

私は藤田に腕を差し出した。

「あんたは人殺しだ！」

藤田は泣きそうな顔で叫んだ。

「ぼくのこともきっと殺す」

「芝居だと言っただろ。なんならカンコを紹介しようか。マスよりはずっといいぞ」

「よしてくれ！　近寄るな」

藤田は部屋の隅に逃れた。

「よっぽど怖かったらしいな。さほどでもねえやつだ。死体の写真を蒐《あつ》めてるくせして」

私は鼻で笑った。

「あんたには見えないのか！」

藤田はまだ映っている画面を顎《あご》で示した。

芝居は終わって風呂場はひっそりとしている。藤田は駆け寄るとテープを巻き戻した。

私が薄笑いを浮かべて鏡の前に立っている場面となった。洗面台の下から飛ばしたケチャップが本物の血に見える。

「よく見ろ！　あんたの後ろだ」

藤田は画面から目を逸《そ》らして言った。白いカーテンのようなものが私の後ろで揺れている。私は目を凝らした。

「こいつはだれなんだよ！」

藤田はボタンを押して静止画面にした。

確かに人間のように見える。むろんカンコではない。カンコは洗面台の下に身を縮《ちぢ》めていたのだ。私は画面に見入った。朧《おぼろげ》気な顔が次第に記憶と合致していく。やがてはっきりとした女の顔となった。

〈ユミ……〉

それは六年前に殺して山の中に捨てたユミだった。ユミの腕は私の首を絞めつけている。そのユミの白い目玉が恐ろしい。

本当のさむけが私を襲った。

藤田がなにかを見て悲鳴を上げた。
私の背中に荒い息遣いが聞こえた。
さむけはいつまでも取れなかった。

マリオネット

よくここまで上る気力があったものだ、と自分ながら思う。さほどのハイキングコースではない。最寄りの駅から若者の足ならせいぜい一時間ちょっとというところだろうか。けれど五十を過ぎて筋力の衰えた私にはきつい。勾配《こうばい》の連続に乱れる息を何度となく整え、緑を映す静かな滝壺《たきつぼ》を見下ろすこの場所に辿《たど》り着くまで二時間以上を要した。それに雲一つない青空の容赦ない太陽のぎらつき。目的なしにはとても上り切れない山道だった。眼下に見える滝壺の神秘的な静けさが好きで、若い頃には年に一、二度足を運んだ。だからこれほど辛《つら》いとは思わずに選んだのだが、途中でどれだけ後悔したことだろう。噴き出す汗をそのままに私は草むらに座った。滝壺からの爽《さわ》やかな風が心地好い。本当は滝壺の間近に下りたいのだが、それでは薄衣《うすぎぬ》の滝を見物に来た登山客と顔を合わせる恐れがある。たとえ遠目でも、エメラルドのように輝く円《まる》い滝壺をこうして眺めているだけで満足だ。

〈あなたはちっとも変わっていない〉

私は滝壺に心の中で声をかけた。

薄い衣《ころも》のごとくふわりと広がって下りてくる滝の美しさ。沼に似た穏やかな水面。滝壺の緑の深さも昔のままだ。その少しも変わりない様子に胸が詰まる。自然は素晴らしい。でも、生きていて、泣いたり、笑ったりできる人間の方が素晴らしい、と若い頃は思っていた。けれど今は違う。人間の小ささや、身勝手さ、欲望の強さが悲しい。

〈あなたたちの方が正しい〉

私は滝壺の周りの樹々や花、さえずる鳥や水際の石たちを思った。感傷がもたらした思いに違いなかったが、羨《うらや》ましいという気持ちは真実だった。人間ばかりが特別な存在になりたがる。自然の一部であることの充足では物足りない。自然の中に生かされながら、生きる意味を考えることが、そもそも傲慢《ごうまん》ではないか。もちろんそれを許される人間も中には居るだろう。しかし、大多数は……ことに私はそうだ。

私は永年苦楽を共にしてきた人形のマリオをバッグから取り出して隣に座らせた。

〈やはりここを選んでよかったわね〉

昨日までの怒りや絶望がいつしか消えている。ここなら水面と同様、穏やかな心で死んでいける。そして私も自然の一部に戻るのだ。

太陽はまだ高い位置にある。

夕焼けが私とマリオを優しく包んでくれるに違いない。私は薬瓶の蓋《ふた》に手をかけた。

＊

みしみしっ、と重い石が背中に積み重ねられていくような毎日が続いた。自分は絶対に大事な仕事を果たしている、という自負だけが支えだった。けれど借金だらけの人形劇団の先行きは見えていた。子供たちに夢を与えるという意欲に燃えて加入した若い子たちも次々に去っていった。自分たちが食べられないくせに、人に夢を与えられるはずがない、と辛辣《しんらつ》な言葉を吐いて泣きながら出て行った子もいた。

人形浄瑠璃《じょうるり》やらの伝統芸能ならまだしも、日本文化と無縁のマリオネットに助成金や支援はむずかしい、と公演交渉のたびごとに言われるようになった。着ぐるみやテレビのヒーローのショーは引く手あまたでも、ピノキオや人魚姫には振り向いてもくれない。子供たちに本当の感動を味わわせたい、という私の言葉も、私自身虚《むな》しいものに感じはじめていた。こちらの方がアニメキャラのショーよりずっと大事な糧《かて》となる、と信じ込んでいる私が傲慢と思わせられることが続いた。面白くない、と叫んで子供たちが帰っていく。悔しかった。情けなかった。なんの意味もない、その場限りのものに子供が騙《だま》されている。なぜ母親たちは見過ごしているのだろう。子供の頃に読んだり見たりしたシンデレラやピーターパンの感動を、どうして自分の子供に体験させようとはしないのか。怒りさえ感じた。私たちは満足な宿にも泊まれず、子供たちのために、と頑張ってきた。人形劇は最低でも四人が居なければ上演できない。それを承知の上で、ボランティアなら会場を提供する、と平気で口にする行政の人間たち。あの者たちは子供の将来などなに一つ考えていない。まるで押し売りのような扱われ方をされる。そして……先月、座員が私を含めて三人きりとなった。二十五年もの間に積もり積もった借金だけを残して一座は解散した。なんとかもう一度と踏ん張れたのは半月ばかりで、あとは気力を失った。パートをいくつ重ねても借金に追い付かない。家賃も払えぬまま、故郷のこの滝までやって来たのだ。夫も子も居ない私に引き止める者などありはしない。

うつらうつらとして滝壺を見ていた。薬が効きはじめている。後悔や不安は少しもない。マリオを胸に抱く。マリオはいつものようににこにことした目で私を見詰めていた。

＊

〈……？〉

滝壺のほとりに松葉杖《まつばづえ》の少女が佇《たたず》んでいるのが目についた。他にだれの姿もない。朦朧《もうろう》としている私にも尋常でないことが分かった。あのきつい山道を松葉杖で上がって来たなど考えられない。たぶん私とおなじ目的に違いない。思っていた通り、少女は滝壺に一歩二歩と足を踏み入れた。私はふらふらと立ち上がった。あの子と私は違う。なにがあってのことか知らないが、いくらでもやり直しができる年頃なのだ。が、声は出なかった。舌がうまく回らない。もどかしい思いで喉《のど》に力を込めた。出たのは掠《かす》れた吐息だけだった。

幸いなことに少女は滝壺から上がった。

水の冷たさに躊躇《ちゅうちょ》したのだろうか。

〈よしなさい……負けちゃだめよ〉

死ぬつもりなら、なんでもできるじゃないの、と思って眩暈《めまい》に襲われた。この世で最も言う資格のない者の言葉だ。私は逃げている。それでも言わずにはいられない。ここで二人が死ぬなんて理不尽としか思えない。少女が身近に感じられる。ひょっとしてあの少女を救う役目でここに遣《つか》わされたのではないか。花は死んで新しい花を咲かせる。

〈待って！〉

ふたたび決心した足取りで滝壺に入った少女に私は慌てた。今度は一気に腰まで入る。黒いスカートが花びらのように広がった。

私は手近の木の枝を揺すった。

それでも少女は気付かない。

「マリオ、助けて上げて。死なせないで」

私は抱いていたマリオを空に投じた。

マリオが青い空に弧を描きながら飛んでいく。マリオの笑顔が目に入った。ぼちゃん、と音を立ててマリオは滝壺に落ちた。少女の目の前である。安堵《あんど》で私は草むらに倒れ込んだ。少女の驚いた声が聞こえる。今の声で少女は私を探しているはずだ。私の体はもう自由に動かない。

〈声が出てよかった〉

少女はきっと自分を取り戻す。あのときの私のように。

と思った私の背中に……寒気が走った。

＊

リボンがこの瞬間に結ばれたのだ。

あの少女は、恐らく私である。

交通事故で腰の骨を折り、すべてを懸けていたバレエの道が閉ざされたのは十七歳の夏のことだった。もう生きて行く意味はない。そうして私はこの滝壺にやって来た。緑の水に沈もうと思った。そのとき、マリオが空から降ってきた。マリオ、助けて上げて、という叫びとともに。

だれが発した言葉なのか分からなかった。どこを探しても声の主は見当たらない。けれど幻でないのは目の前のマリオが示している。私は滝壺からマリオを拾い上げ、自殺を断念した。マリオは神が与えてくれた救いだと信じた。それ以来、マリオは私の神となった。マリオが私の新しい人生を演出した。人形劇団の結成もマリオあればこそのものだった。

だが――

それはマリオが描いた人生に合致していただろうか。私はマリオにとって不満足なものだったのかも知れない。

マリオはやり直そうとしたのではないのか。そう思い付いて私は絶望した。

マリオは空を飛びながら笑っていた。

新しい私とやり直せる喜びに、だ。

マリオが私をここに導いたのだ。

私がマリオを操《あやつ》っていたのではなかった。

マリオが私を好きに動かしていたのだ。

私は最期《さいご》の力を振り絞って頭を上げた。

滝壺が見えた。

十七歳の私がマリオを胸に抱き、力強い足取りで滝壺から立ち去ろうとしていた。

マリオの顔は私に向けられていた。

〈あなたはここに来てはだめよ〉

私は十七歳の私に願った。
悔いはないが、新しい私の人生を知りたい気持ちはある。

たすけて

兄が母のことを口にしたのは、私がなんとか一ヵ月の休暇を捻出《ねんしゅつ》してニューヨークから日本の故郷に帰省してすぐの夜だった。兄と私は町でも指折りの割烹《かっぽう》の個室に向かい合っていた。半年も離れて日本料理が懐かしいだろうと考えての馳走《ちそう》と思ったが、兄の困った表情で違うと察した。義姉の前では話しにくい相談でもあるのだろうか。私から促すと、実は、と言って母についての噂《うわさ》を困惑の目で語りはじめたのである。

「おふくろの死んだ病院にな……幽霊が出るらしい。どう考えても、おふくろだ」

背中にざわっと寒気《さむけ》が走った。

「ウチの病院では設備が足りなくて、あそこに転院させていた患者が戻った。その患者から耳にしたことだ。かなり有名になっているみたいだ。患者はまさかそれがおれのおふくろとは思わずに教えてくれたのさ」

「いつの話？」

「聞いたのは二月《ふたつき》前だ。出はじめたのは去年の十一月頃だと言うし、部屋もおふくろが入っていた個室だ。なにより……おまえの名を呼んで助けを求め続けているそうだ」

腕に鳥肌が立った。

「だれも居ないはずの部屋の中から、苦しそうな声で、助けてちょうだい、と」

「よしてよ！」

私は兄を制した。兄は口を噤《つぐ》んだ。

「戻った早々、なによ。兄貴も変じゃないの。二月も前に聞いたんなら、本当の話かどうか確かめることができたでしょ。なのに放って置いて私が戻るのを待っていたわけ？」

「どうやって確かめる？」

兄は悲しそうな目で質《ただ》した。

「私の母が幽霊になって皆を困らせていませんかとでも訊《たず》ねるのか？　あそこの院長がおれになにも言ってこないのは、話したっておれにどうしようもないことだと分かっているからだ。おれがあそこの院長でもそうする。幽霊を引き取って貰《もら》うことはできないし、お祓《はら》いの費用を負担しろとも言えん。身内が嫌な思いをするだけだ。だから黙ってる。問い合わせるのは向こうの好意を無にすることになる。それに病院に幽霊は珍しくない」

「じゃ、なんで私に話すわけ」

「なんでって……おふくろだぞ。気になるのは気になる。おまえは平気か？」

「平気なはずないでしょ！」

　叫んだ途端、涙がどっと溢《あふ》れた。

　危ないと承知していながら、心の底から案じていたとは言えない。半年もの長い入院に、週末ごと東京から新幹線に乗って義姉の介護の交替に通うのが億劫《おっくう》になっていたのは事実だったし、憧《あこが》れだったニューヨーク支店への転属が決まりかけていた時期でもあった。夕食まで面倒を見る約束だったのに、日曜は夕方になると新幹線の時刻ばかり気になって仕方なかった。母も察してあれこれ用件を命じたり話しかけたりしてくる。私を帰らせたくなかったのだ。それを振り切って二回に一度は看護師に夕食の世話を頼み、さっさと病院を後にした。その後悔が今も胸の中に燻《くすぶ》っている。

「なにを助けろって言うの？　おかあさんは死んだのよ。いまさらなにもできない」

「おれもそう思うが……どうしたもんか」

　兄は吐息して腕を組んだ。

「おかあさんは……なんて?」

「なっちゃん、たすけて、早く来て」

　悲鳴を上げそうになった。病院に行くたび、いつも決まって聞かされていた言葉だったからだ。土曜の夕方に着くのを知っていた母は、その時刻になると廊下を歩く足音を耳にするごとにそう叫んでいた。看護師から何度苦情を言われたか分からない。個室にはまだ三十メートルも間があるのに、廊下の角を曲がると母のその叫びが聞こえた。あれでは病院もさぞかし迷惑していただろう。もうすぐ奈津美《なつみ》さんが来ますからね、と大声でなだめている看護師の声もそれに重なる。地獄だった。他の部屋の患者たちもうんざりとした顔で耳を塞《ふさ》いでいた。母が辛《つら》かったのも分かる。母は人工透析の機械を腹部に常時装着されていた。寝返りは一切できないし、その部分が赤くかぶれて激しい痒《かゆ》さに襲われていた。自分が母でも、あの苦しみにどれだけ耐えられるか自信はない。それでも足りなくて一日に五時間以上にも及ぶ栄養剤の点滴。母はしばしば鬼の形相《ぎょうそう》で点滴の針を引き抜いた。そして両手をベッドの縁に縛り付けられる結果となった。母が私を唯一の頼みとするようになったのはそれからである。母の苦しみを直視できない。私は個室であるのをいいことに手首のベルトを外し、点滴の針を抜いた。私の到着は母にとって麻薬のようなものだったのだ。そのことでたとえ何日か母の死が早まるにしても構わないと思った。わずかでも母に安息を与えたい。娘にだけ許される特権だ。

母はもうその頃幻覚を見るまでの病状になっていた。天井を見上げて話しかける。娘が来ているから帰ってください、と毅然《きぜん》とした声で言う。母はあのときなにを見ていたのだろう。あれは亡くなる直前だった。死に神が居るなど信じられないけれど、母の目は一点に定まっていた。

「帰りに寄ってみるか？」

兄は暗い目で私を誘った。

「寄るって……あの病院に！」

「道路沿いの部屋だ。車から見える」

「見てどうするの」

「分からん。なんだかおふくろはおまえが戻るのを待ってたような気がするんだよ」

病院は少しも変わっていなかった。母の居た個室の窓に明りが点《とも》っている。黒い人影が私たちの車を眺めている。

「これじゃ、おかあさんの話なんか持ち出したら気味悪がられるわね」

ひょっとして個室に連れて行かれるのではと案じていた私は安堵《あんど》した。

「あれは……たぶんおふくろだ」

兄は怯《おび》えていた。窓から目を逸《そ》らす。

「患者が怖がるので器材置き場にしたと聞いている。だれもあの部屋には居ない」

私は車から飛び出した。

「なにをする！」

「おかあさんなんかじゃない！　兄貴はなにを怖がってるの！　おかあさんを死なせたのは兄貴よ！　私は知っている。おかあさんの辛さを見ていられなくてモルヒネをどんどん打ってやったんでしょ！　だからおかあさんの体はぼろぼろになった。ここに移したのは自分の目の前で死なせたくなかったからよ」

封じ込めていた疑いを口にしたら、兄は嗚咽《おえつ》した。疑いは当たっていたのだ。

私は兄をそのままに駆けた。裏口はいつも開いている。個室に近い。何度も歩いた廊下に踏み込んだ。

「なっちゃん、たすけて、早く来て」

母の振り絞った声が聞こえた。

個室のドアが半分開いている。そこから見慣れた光が廊下に漏れている。

「なっちゃん、たすけて、早く来て」

私は恐れも忘れて部屋に飛び込んだ。ぐるりと世界が回った。急な眩暈《めまい》と眩《まばゆ》い明りが目を射る。天井に母の縛り付けられているベッドがあった。いや、天井から逆《さか》様《さま》にぶら下がっているのは私の方である。私は母に腕を伸ばした。母が気付いて私を見た。逆様なので私とは思っていないらしい。母は不思議そうな顔をしていた。なぜ私だと分からないのだろう。やがて分かった。私がベッドの側《そば》に立っている。傍《かたわ》らに私が居るのだから、天井にぶら下がっている私を別人と思って当たり前だ。

「帰ってください。娘が来ているの」

母は恐怖を押し殺して私に命じた。

「そんな娘なんか信じちゃ駄目！」

私は声を張り上げた。

「そんなやつ娘と違う。おかあさんより自分のことしか考えていない。おかあさんがこのままだとニューヨークに行けなくなる。点滴の針を抜いてるのだって、早く死んで欲しいからなのよ！　なのになんでおかあさんはそんなやつを頼りにしてる

「娘が心配しますから、帰ってちょうだい」

母は聞かなかった。

「死んじゃうのよ！　あんたが殺す」

私が居るのを知らず、点滴の速度を最大に上げようとしている私の髪を、私は引いた。

と同時に私も思い出した。なにもかも嫌になって母を急変させようとしたときに、だれかに髪を引かれたことを。

「なっちゃんを、たすけて、早く」

母が私を泣きそうな顔で見ていた。

私は瞬時に理解した。こんなに酷《ひど》い娘だったのに、母は私の身を案じてくれていたのだ。私の狂った心を救おうとしたのだ。だから、なっちゃんをたすけて、と。

「おかあさん、ごめんね」

私は母の側まで下りて抱いた。あのまま実行していたら今の私はない。母と私とが消えて行った。私は鍵《かぎ》のかかっている個室の前で意識を取り戻した。看護師のものらしい慌ただしい足音が聞こえる。

加護

牢獄の中で男は怯《おび》えていた。

今度こそ見付からぬはずがない。そうなればおしまいだ。たとえ一体でも検非違《けびい》使《し》たちは容赦しないだろう。行方知れずとなっている娘ら全部と必ず結び付けてくる。いかに過酷な責めであったにしろ、男は告白したことを悔やんだ。これまで上《う》手《ま》く凌《しの》いできたではないか。これが最後の死骸である。腕の一本程度斬り落とされたとて耐えるべきだった。死骸がなければ検非違使たちとてどうにもできない。知らぬと言い張ればよかったのだ。

〈死罪と鞭《むち》の痛みを引き替えにしたのか〉

男は己れの腑甲斐《ふがい》無さを呪った。あのときは確かに死んだ方がましと思ったが、たった一日過ぎれば痛みなど薄れている。白状した場所に出掛けた検非違使たちが娘の死骸を掘り出せば、もはや逃れる道はない。数日も経ずして首を刎《は》ねられるだろう。

〈仏の加護はどうなった！〉

男は死んだ母親を恨んだ。おまえの父親は仏さまだったと昔から言っていた。光とともに現われて母親に種を宿したという。父親知れずの子を産んだ母親の苦しい言い訳ではあろうが、男は無理に信じた。でなければ自分が惨めだ。しかしそれが禍《わざわ》いした。仏の子なのだからなにをしても許される。ろくでもない者に育った。自分でそう思うのだから間違いない。実際それなりに運はあったように思う。盗みに入った屋敷はたいがい留守であったし、不思議と怪我《けが》を負ったこともない。本当に仏の加護を与えられている気になった。それでだんだんと手が広がった。ただの盗みから、辻斬りとなり、仲間を揃《そろ》えての押込みに変わり、あとはなんでもござれ。娘を犯して殺すなど些細《ささい》な楽しみでしかないが、今はそれが命取りになっている。銭は使ってしまえば残らない。が、死骸は残って立派な証《あか》しとなる。白状した場所から骨でも出れば即座に極刑と定まる。

〈なんとかお助けを……〉

男は必死で仏にすがった。これまでのように今度も見付からぬように、と祈った。なぜかは知らないが、拷問《ごうもん》に負けて正しい埋め場所を白状したのに、これまでは死骸が消えてしまっていたのである。嘘《うそ》ではないから検非違使らもそれ以上は諦めて、他の死骸をと迫ってきた。

〈手前に運を与えてくだされ〉

男は両手を合わせて仏に懇願した。


検非違使らは神妙な顔で見守っていた。

配下にしている放免らが汗だくで土を掘り下げていく。そろそろと見ていた。

一人の放免の振り下ろした鍬《くわ》が、がちんと派手な音を立てて跳ね返された。検非違使らは歓声を発した。穴の底を覗《のぞ》き込む。

黄金の輝きが見られた。

放免らが手で土を掻《か》き出していく。

見事な黄金の固まりが出現した。苦悶の顔をした娘の黄金像である。五人の放免らが必死となっても持ち上げることができない。なにしろ等身大の娘の無垢《むく》の黄金像となると百貫前後の重さがある。検非違使らは吐息した。

「これで八体目。いよいよ最後にござるな」

勿体《もったい》ないという顔で一人が口にした。

なぜかあの男が女を埋めたという場所から常にこの黄金像が出る。風体《ふうてい》から見て男が殺した娘たちの化身《けしん》としか思えない。それで検非違使らは男を責め立て続けたのだ。

「いや、最後ではない」

纏《まと》めの男が薄笑いを浮かべた。

「黄金像は死骸にあらず。すなわちあの男に娘らを殺した証しはなにもない。昨日の朝議で解《と》き放ちと定まった」

「あのような悪党をお赦《ゆる》しになるので！」

「黄金像のこと、あの男には伝えておらぬ。上のお人らは、まだまだ足りぬと仰《おお》せじゃ。せいぜい国のために働いて貰《もら》わねばな」

纏めの男は黄金像を見下ろしながら、

「また七、八体数が揃ったところで捕縛する。今後は太った娘を狙《ねら》って欲しいものじゃて。これこそ正《まさ》しく――」

「正しく？」

「仏の加護」

玄関の人

言っちゃあ申し訳ありませんが、こういう暑気払《しょき》いをかねた百物語のお遊び、休みなしに稼がねぇと食っちゃいけないあたしら貧乏人からするとまことに暢気《のんき》で羨《うらや》ましい限りの話で、正直、ここにお邪魔するまでは気が塞《ふさ》いでおりました。ご大身《たいしん》の皆様方と同席が許される身分でもなし、植木職として出入りをさせていただいている山崎屋のご隠居様からの強いお誘いでなければ、このお屋敷のご立派な門構えを見ただけですっかり気後《きおく》れして引き返していたに違いありやせん。

なんでご隠居様はあたしなんかを、と豪勢なお膳の料理とお酒を頂戴いたしながらずうっと首を傾《かし》げておりやした。そのあたしの落ち着かない居住まいにご隠居様はお気づきになられた様子で、例の玄関の話、皆さんにも聞いてもらいたいんだよ、と耳打ちなされました。かあっと体が熱くなるってのはあのことで、心臓も早鐘のように鳴り響きました。皆様方の笑い声も遠くに聞こえる始末。とても無理だとご隠居様に散々お断りしたのですが、結局はこういうことになりました。

他の方々のお話をお聞かせいただいているうち、なんだかあたしも聞いていただきたいような心持ちになったんでございます。

いえいえ、あたしの方が怖いとか、決してそういうことじゃありません。哀れな物語や寂しい生き様に涙される皆様方を目の当たりにして、生意気ですが、これも供養の一つと思わせられたんでございます。これまでのお話に出てきたあやかしの者たちも皆様方の涙にさぞかし喜んでいることでしょう。

このまま帰りゃ、あたしが抱えている二人の魂が悔しさで妬《ねた》んじまう。

きっとそうだと思うんですよ。


あたしの生まれは明治の三十年。こちら東京は清国との戦争に大勝利して二年と間もないことですから景気もよく、さぞかし町中が浮かれきっていた時分でしょう。ですがあたしの故郷である岩手は地獄の渦中にありました。その前年の六月十五日に三陸地方を未曾有《みぞう》の大津波が襲い、二万人以上の人間がいちどきに海の藻屑《もくず》となってしまったんでございます。今から二十七年も昔のことなのに、頷《うなず》きなさったお方が多くおられてあたしも嬉《うれ》しう存じます。近頃はそれを口にしても知らぬと首を捻《ひね》る者が大方で、やはり東京のお人らには無縁のことだったかと寂しい気持ちになるのがしばしばです。大津波はあたしが生まれる前のことですが、あれがなければ母親も三陸を離れずに済み、あたしの今がないと思えば、なんとも切なく腹も立ってまいります。あのお化け長屋に住むこともなかったでございましょう。

どうにも丁寧な言葉遣いに慣れておらず失礼申し上げます。失礼ついでに今からは普段の調子で続けさせていただきやす。なにしろこれからお話しするのはなんとも突拍子《とっぴょうし》のねぇことで、存じますやらございましょうなんぞといちいち気にかけていりゃこっちもなにがなにやら頭がこんぐらがって……山育ちの不作法者が紛れ込んだと、どうぞ皆様方寛容なすっておくんなさい。

で、その盛岡のお化け長屋。

出るって噂《うわさ》は母親のおさともむろん耳にしておりやした。そんなとこにだれだって住みたくはねぇが、内陸で被害も少なかった盛岡にゃおさと同様に津波で仕事も家も家族もみんな失った連中がわんさと逃れてきて、物置みてぇなとこでさえ住めりゃ御《おん》の字っていうときでした。それに、幽霊なんぞ何百何千もの死骸をいっぺんにその目で見たばかりのおさとにすりゃ屁《へ》でもねぇ。ましてや三陸の港町で気の荒い漁師たちを相手に威勢のいい啖呵《たんか》を切って芸妓の看板を張ってきたおさとでもありました。そのお陰で家賃が三分の一になるってんなら、幽霊さままだ、泥棒避《よ》けの用心棒にもなる、と逆に笑い飛ばして早速に住むと決めたんでござぇやす。住まいがしっかりしていねぇと働き口もなかなか見つからねぇ。それもあったんでございましょう。こちら東京と違って田舎じゃまだ女の一人住まいを嫌う風潮もありやした。実際、何軒か断られたあとだったようです。

そうして住まいも定まり、仕事もなんとか見つけることができやした。本町という官庁街の裏手に広がる花街ん中の小料理屋の仲居です。本当は芸妓として華々しく出たかったんでしょうが、いくら三、四年勤め上げたとは言え、港町と盛岡じゃ格が違う。だれもが振り返るほどの相当な器量よしだったもんで、一年ほど修業のし直しをすれば、と置屋の主人から勧められもしたそうですが、断って仲居の道を選んだんです。親兄弟親戚縁者すべて津波に呑《の》まれ、だれ一人頼る者の居ないおさとにはいまさら修業なんぞしている余裕はない。弱みにつけ込んでただ働きをさせる気ではないかと睨《にら》んだとも聞いておりやす。

幸いに、というか、仲居の仕事は帰りが真夜中となり、しかもたいてい客に勧められての酒がたっぷりと腹ん中に収まっていることもあり、戻れば化粧も満足に落とさず布団にくるまるという毎日のせいで、幽霊と出くわすこともなしに一月(ひとつき)が過ぎました。

噂なんぞこんなもんだと高をくくり始めたとたん、おさとはその男と出会いました。

贔屓《ひいき》になってくれた客と調子に乗って大盃で飲み競《くら》べした夜のことです。どうやって帰ったかも分からぬほど酔っ払い、寒さで気がつけば玄関の板間に寝転がっておりました。そのままぼうっと辺りを見回すと、黒い影がなにやら目の前に立っているではありませんか。おさとはぎゃっと叫びました。泥棒だと思ったんです。が、その影はおさとの叫びに慌てるでもなくじっと見詰めている。

だれだよ、とおさとは睨み付けました。

次第に心も落ち着き、目も慣れてきます。黒い影、と見えたのは黒い制服のようでした。おさとは安堵《あんど》しました。まさか泥棒が制服を着て押し入るとも思えません。見れば玄関の戸が半開きになっています。なるほど、それで夜回りの警官が気にして立ち寄ってくれたものだろう。それならむしろ礼を言わなくてはならない。おさとは踏ん張って立ち上がると警官と向き合いました。おや、と思ったのはそのときです。寝転んだ格好で見上げていたので不思議とも感じなかったのですが、今こうすると男の頭の位置がおさとの腰の辺りにある。酒の飲み過ぎで頭が朦朧《もうろう》となっているのかも。目をだんだんと足下に向けると、男の足は膝《ひざ》から下が玄関の三和土《たたき》にすっかり埋まっておりました。

あなた、どうなさいました、とおさとは思わず訊《たず》ねたそうです。警官と思い込んでいたからです。まさか幽霊とは考えもしない。

突然分かっておさとは腰が砕けました。

幽霊の方はただおさとを見て身動きもしない。おさとはじりじりと後退しました。外に逃げたくても玄関は幽霊が塞いでいる。となりの六畳間に這《は》い逃れ、布団を頭から被《かぶ》ってひたすら念仏を唱える。それに恐れてか幽霊も追ってはこない。しかし玄関から消えてもくれない。布団の隙間《すきま》から覗《のぞ》くとおなじ姿勢で立っている。外が白々《しらじら》となるまでおさとは必死で念仏を唱え続けました。

とうとう出ましたか、と大家はむしろほっとした顔でおさとに返しました。幽霊が出なければ家賃をただ同然にした意味がない。そんな顔だったようです。

あいつはなんなのさ、とおさとは大家に食ってかかりました。

「竹原真二郎《たけはらしんじろう》さんと申しましてね。紫波《しわ》の金物屋さんの次男坊。とても気性のいいお人でだれにも好かれていた。あの長屋に居たのは盛岡の銀行に勤めていたためで、かれこれ三年は住んでいましたかな」

「死になさったってことね」

「この前の清国との戦争で。このままじゃいかんと軍隊に志願なされて。仙台の歩兵第四連隊に配属となり、すぐに外地に」

「制服は兵隊さんのものだったのか」

「でしょう。あたしは見ていないが」

「膝から下がないのは？」

「真二郎さんは真冬の戦いで雪原に閉じ込められ、両足に酷《ひど》い凍傷を。それで内地に戻され、東京の軍病院で亡くなられた。両足を切断手術したが間に合わなかったようだ」

「可哀想なお人じゃないの」

「よほど郷里に戻りたかったんだろうね。その郷里というのが紫波じゃなくあたしの長屋ってのが嬉しさ半分迷惑半分でもあるが」

「人に悪さをするってことは？」

「ない。あればあそこを貸しなどしない。ただ静かに玄関に立っているだけだ」

「やっぱり玄関」

「一度見えるようになれば、これからは頻繁に出てくる。どうするね？」

「そこまで聞いたら平気。玄関の飾り物だと思えばどうってことはない」

「大したものだ。これまでは皆出て行った」

大家は心底感じ入った顔で言った。

「あいつに誘われてあたしの親や妹たちが出てきちゃくれないもんかしら」

おさとの度胸のよさに大家は驚いた。


幽霊も正体が割れてしまえば怖さも薄れる。最初のうちこそ玄関を開けるたびなんとなく嫌な心持ちに襲われたおさとでしたが、本当にそこにしか出ないと分かればさほど苦にならないどころか、一人暮らしの寂しさを紛《まぎ》らわしてくれる相方のようにも思えてきた。戻ればおさとの方から陽気にただいまの声をかける。幽霊の方もそれに慣れてきたのか、真夜中だけでなく昼日中にも堂々と姿を現すようになりやした。そうなるとおさとも面白がって小料理屋の朋輩《ほうばい》を連れてきて見せたりもする。明らかに見えるもんですから仰天される。だが、おさとが昵懇《じっこん》にしている朋輩以外にゃなぜか何時間待ったとて出てきやしねぇ。それで新聞ネタにまではならずに済みやした。なっていたら大変な騒ぎを引き起こしていたでしょう。仲居風情《ふぜい》なんぞの下らぬ噂話と遠ざけられていたのが幸いでした。もっとも、あんな時代でしたから軍が裏で手を回していたのかも知れやせん。戦争で死んだ兵隊が軍服姿の幽霊となって現れたとなりゃ軍の士気にも差し障りが生じかねねぇ。そっちの方がどうやらありそうだ。あるときなぞ郵便配達夫が幽霊とは知らずに丁寧に挨拶《あいさつ》したこともありました。おさとの方がびっくりして配達夫を追いかけ問い質《ただ》しました。時々お見かけしますので旦那さんでしょう、と配達夫は当たり前の顔で答えたそうです。おさとは首を横に振って、あれは竹原真二郎という人の幽霊だと教えました。以来、配達夫が入れ替わり立ち替わり幽霊を見にくるようになったということです。そこまで知れ渡っていながら新聞ネタにならなかったなど、ちょいと考えられねぇ気がいたしやす。

しかしまぁ、おさとという女もつくづく暢気《のんき》な性分だとお思いなさっている方もたくさんいらっしゃいますでしょうね。

なにもしねぇからといって、幽霊とそうして一年近くも一緒に暮らせるもんじゃねぇ。まったくその通りの話で、実を申せばおさとは頭が少しおかしくなっていたんでございやす。大津波で命を失わずに済んだ、と言っても、あれほどの大災害。それ以前の自分にたやすく戻れるわけがありません。水に閉じ込められたおさとは半壊の置屋の二階で二日間を過ごしたそうですが、一階には泥に埋まった仲間たちの死骸がごろごろしていて、一向に引かない水の中には何百もの老若男女が折り重なって死んでいる。そいつに囲まれておさとは二日を過ごしたんです。おかしくならねぇ方が、それこそおかしいってもんで。自分じゃなんともねぇと思っていたんでしょうが、おさとの頭ん中じゃ死人と生きてる者の区別がもう一つついていなかったんじゃねえかとも思われやす。だから玄関の幽霊も気にはならなかったし、普通の男のように好きにもなった。

そうなんでさ。

おさとは真二郎に惚《ほ》れちまったんですよ。家に居る限り真二郎はいつだっておさとの側《そば》に居る。少しでも離れるのが嫌でおさとは店を休みがちになった。朋輩が案じて訪ねてきても上の空で玄関を見ている。朋輩も察して諫《いさ》めるがおさとは聞く耳を持たない。なんにも言わずに玄関に立っている姿が不憫《ふびん》で愛《いと》しくて仕方ないと泣きじゃくるだけ。朋輩も呆《あき》れ果てて近寄らなくなった。薄気味悪さを感じたんでしょうねぇ。

店の方も、当てにならない者は要《い》らないと言ってきた。そりゃそうでしょう。おさとからは以前のきびきびとした立ち振る舞いが露と消え、目の下にはどす黒い隈《くま》ができ、髷《まげ》の崩れも気にせず客の前に顔を出す。むしろ店の迷惑になるってもんだ。おかしくなっているとそこで気がつけばよかったが、おさとはあっさりと頷いて真二郎の居る長屋に引き籠もった。

わずかの勤めの間におさとはそれなりの銭をもらえる客を何人かこしらえていた。三日に一度ぐれぇの辛抱でなんとか食っていける。そういう目算あってのことです。そうしておさとはずるずると深みに嵌《は》まっていきやした。相手が幽霊のことだからどんなに望んでも思いを遂げられやしない。それがかえって恋心ってやつをつのらせた。相変わらず無言のままの真二郎の前で一人、酒を飲み、甘い言葉で誘い、肉親を失った辛《つら》さを訴える。知らねぇ者がもしその光景を目にすりゃ、さぞかし震えがきたことでしょう。

あろうことかおさとは思い切った策に出た。客の一人をその長屋に引っ張り込み、真二郎の見ている前で自分を抱かせたんです。

客には真二郎の姿が見えない。しかしおさとにははっきりと見えている。真二郎に見せつけるようにおさとは足を客にからませ、派手によがり声を上げた。すると真二郎の態度が明らかに変わった。おさとから目を逸《そ》らし、口をきつく結んで必死に堪えている。

おさとは嬉しさに身悶《みもだ》えした。

話が嫌な方角に進んでいるとお思いでしょうが、どうぞお許しなすってください。こっからがあたしとの関わりになります。おさとはすっかり味をしめ、それから何人もの男を長屋に誘うようになりやした。

好きな相手に見られているってことがおさとに高ぶりを与えていたんです。真二郎の方はそんなおさとを見るのが辛いのか、玄関で背中を向けて泣いている。やっと思いが通じたと男に抱かれながらおさとも涙をこぼす。男が真二郎に思えてきて強くしがみつく。

それで終わればよかったんですが——

そんなある日のことです。

ことを終え、布団の上でうつらうつらしていたおさとは、男の甲高《かんだか》い悲鳴で飛び起きました。男は台所に立ちすくみ、ぶるぶる震える腕で水飲みの柄杓《ひしゃく》を玄関に向けておりました。おさとも玄関に目をやる。さすがのおさとも、わっと声を発してのけぞった。そこには紛れもない裸の自分が居て、尻も露わに真二郎と激しく抱き合っていたのです。

おさとと玄関のおさとの目が合いました。その瞬間、玄関のおさとの姿は煙のように掻《か》き消えました。真二郎の姿もなくなる。

男は着物を小脇に抱えて逃げ出した。その情けない格好におさとは大笑いしました。

今の驚きはまだおさとの中に残っていましたが、おさとには心当たるものがあったんです。近頃、男と抱き合っていると、その男が真二郎にすり替わっているような気になることが多々ありました。ような、ではなくそれは本当だったのだとおさとは確信しました。真二郎を求める思いが強まり、ついにはおさとの魂が体から抜け出して真二郎とこの世とは別のところで情を交わしていたのです。この世に縛られた身では真二郎に近づけもしないが、生き霊であれば自在。一人頷いたおさとの頭の中に真二郎とあれこれ話し合った記憶まで甦《よみがえ》ってきました。真二郎に太一《たいち》という兄が居ることまで分かっている。だれからも聞かされた覚えがないので間違いなく真二郎に教えられたものでしょう。

おさとは幸福な思いに包まれました。

嫌な男と思いつつ、銭のためと諦《あきら》めながら、それでも体は喜びに満たされる。それは真二郎だったからだと知らされたゆえでした。


あたしが生まれたのはそれから八、九ヶ月あとのことです。

母親のおさとはあたしを産むと同時に亡くなってしまいやした。がりがりに痩《や》せこけて子供なんぞ産めるわけもねぇ状態でした。

あたしはすぐに今の親に引き取られ、十五歳辺りまで盛岡で暮らし、それからはこっちに移って植木職の技を身につけやした。

と、ここで話を締めくくりてぇとこですが、実はこいつにゃ自分でも首を傾げたくなるような奇妙なことがごぜぇやす。

あたしは母親であるおさとのことや真二郎のことをいってぇだれから耳にしたもんでございやしょう。

聞かされた記憶が一つもねぇのに、なぜかあたしは母親の顔やら長屋の間取りに至るまで全部を覚えているんでございます。

そして思い出しやした。

二十歳頃の辺りに突然に——

あたしは真二郎だったんですよ。

そいつを思い出した。

全部がいちどきに頭を一杯にした。

兄貴の太一と一緒に遊んだ紫波の実家の古い蔵。炬燵《こたつ》みてぇな形をした東根山《あずまねさん》。銀行の嫌な上司の丸眼鏡。なにより頭に浮かぶのはどこまでも果てしのねえ雪原。軍病院の鼻を衝《つ》く薬の臭い。そしておさと。

気が変になるくれぇなにもかもがあたしに襲いかかってきやした。

だからあたしはこんなだったんだと得心もいきやした。

見た通り、体は女なのに、心は男。

頭を角刈りにしたときにゃ親たちに泣かれやした。今では親たちも諦めておりやすが、苦しんでいたのはあたしもおなじで、それでも自分じゃどうにもできねぇ。育ててくれた親たちに申し訳なく、何度か死のうとしたこともごぜぇやす。

真二郎と分かって——正直、ほっといたしやした。

あたしはもう一度生き直してみたかったんでございます。

それでおさとの産み落とした子ん中にこうして入り込んだ。

だれの子かは分からねぇが、おさともあたしを好きになってくれた。入るのになんの面倒もなかった気がいたしやす。

薄気味悪そうな目であたしを見ていらっしゃるお方もおられますが、ご心配なく。この通りあたしは生身の体で幽霊でもなく生き霊でもありやせん。ただ真二郎がこの体ん中に居るってだけの話で、それは皆様方もたぶんご同様のことだとあたしは思いやす。

石の記憶

旅立ち

物語のはじめに、とりあえずは私と火明継比古《ほあかりつぐひこ》との関わりをしたためておきたい。火明とは珍しい姓と感じられるはずだが、決して彼の筆名ではない。見せられた系図が本当なら日本の太古より二百代以上も連綿と続いている名族の一つなのである。なにしろ天孫族よりも遥《はる》か前に天下ったニギハヤヒ命《のみこと》の直系だと言うのだから凄《すさ》まじい。私が彼に興味を抱いた最初の切っ掛けもそれだった。たまたま取材先のホテルで寝酒のウィスキーを飲みながら地元の番組をぼんやり眺めていたら彼が登場した。番組自体は森林の保護を訴える真面目《まじめ》なものだったが、その中の森の一つに火明が関係していた。古来からの神域なので踏み込むべきではない、と淡々と語る火明の柔和《にゅうわ》な表情が印象的だった。若い男がそれに食ってかかった。むしろそういう主張は森林保護運動にとって逆効果だと言うのだ。裏返せば神社の建立《こんりゆう》されていない、ただの山はいくらでも伐採《ばつさい》していい理屈となる。確かにその通りであろう。私は神域の存在を否定する者ではないが、いまどき、そんな理由を前面に押し出しても頷《うなず》く者は少ない。チャンネルを切り替えようとしたら、彼の胸の辺りに火明継比古というテロップが浮かんだ。

火明命というのがニギハヤヒ命の別名であることはたまたま知っていた。本当にこんな姓が存在するのか、と驚いた。それに彼の口振りはどうも神官のようでもある。なにか魅《ひ》かれるものを覚えてそのまま見続けた。奇妙な青年である。ほとんど発言せずに、にこにこと笑っているだけなのに激論を戦わせているだれよりも存在感があった。神社庁から外れた古い神社を守って一人で暮らしていることも、そのうちに知れた。神社庁から外れているという意味が私には分からない。あるいは認知されていない異端の神社なのだろうか。としたら、尖鋭《せんえい》的な思想の持ち主と感じられるが、まるで違う。私は火明だけに注目していた。健康的で美しい体型をしている。二十七、八だろうか。聡明な輝きを発する目だ。これに見詰められると相手がたじたじとなる。ディレクターもそれを知ってか、しばしば火明の目を大きく映していた。

番組が終了すると私は火明継比古の名前をメモした。今の放送局に問い合わせればば簡単にコンタクトが取れる。

翌日、取材に同行していた編集者にそれを伝えたら、偶然にも彼もあの番組を見ていた。いや、大した偶然でもない。夜中の二時前後に放送していたのは、あの番組の他に一つしかなかったのだ。編集者は真夜中に自然保護のシンポジウムを放映する局の見識に呆《あき》れていたが、私も地方に暮らしているのでよく分かる。たいていの時間帯は中央発の番組に奪われていて、ことに真面目な企画物はスポンサーが付きにくいせいもあって深夜に回されてしまうのである。それはともかく……編集者も火明を一番に記憶していた。最初のコーナーで紹介されたらしい。古い豪壮な屋敷に暮らしぶりも知っていた。編集者は私より前からあの番組を見ていて、火明のたった一人で生活しているという。神社は彼の所有する敷地内に建立されているとか。それで私も納得できた。個人所有なら神社庁と無縁だ。しかし、編集者の言では半端な社《やしろ》ではなく、村に見掛ける八幡宮など比較にならない立派さだったそうだ。ますます興味が疼《うず》いた。

その日に予定していた取材をキャンセルして私は火明の都合を問い合わせて貰《もら》った。

それが私と火明継比古との最初の出会いとなった。今から二年前のことである。

はじめの一年は互いに遠慮があって電話や手紙のやり取りを交わしていたに過ぎなかったが、長編の取材で関東近辺の神社や遺跡を巡り歩くことになり、その案内役に火明を頼んで以来急速に親しくなった。もともと暇な男である。親の遺してくれた不動産からの収入で呑気《のんき》に毎日を過ごしているのだ。私と火明の暮らす町は高速道路を使えば三時間と離れていない。火明は愛用のスポーツ車を飛ばしてしばしば遊びに来るようになった。縄文時代や神社史そして呪術《じゅじゅつ》などをテーマとすることが多い私に火明の方が関心を持ちはじめたのだろう。つい半年前まで彼はなぜかひた隠しにしていたのだが、火明はいわゆる霊能力者であった。それを仕事としていないので彼の能力を知る者はほとんど居ない。私は若い頃よりその分野に興味を持ち続けている。それを承知していながらどうしてもっと早く教えてくれなかったのかと私は火明に迫った。が、彼はわざと黙っていたのだと答えた。物書きの私に霊能力者だと口にして近付けば売名行為と誤解されかねない。一応は頷ける返事であったが、それは嘘《うそ》に違いないと睨《にら》んでいる。最初にコンタクトを取ったのは私の方で、取材の案内役を頼んだのもこちらだ。彼が自ら接近して来たのではない。実は、と告白されたところで急に私が警戒するわけがなかろう。すでに私と火明の間には信頼関係が生じていたのだから。

偶然にも彼の際立った霊能力を知る老婆と旅先で出会わなければ、火明は今もそのまま自分の能力を隠し通していたような気がする。けれど、そのことで火明が私の作品に多大なる関心を寄せてきた理由が了解できた。私としてもありがたい。信用に足る強力なアドバイザーを得ることができたのだ。

後先《あとさき》になったが、彼が有能な霊能力者だと知らされた半年前の出来事を詳しく記しておこう。私は火明を誘って山形の羽黒山《はぐろさん》の大祭の見物に出掛けた。羽黒山の麓《ふもと》には即身仏を公開している寺がいくつかある。せっかく近くまで足を運んだので祭りの後に一つの寺を訪れた。夕方だったせいか観光客の姿はなく閑散としていた。私たちは仏が安置されている薄暗い本堂に上がった。すると明りのない本堂の中に一人の老婆と少年が向き合っていた。火明はびくっと立ちすくんだ。近付かない方がいいと私に耳打ちした。少年は小刻みに肩を揺らせながら、なにやら唸《うな》り声を発していた。火明に言われるまでもなく薄気味悪い光景だ。が、どうなるのか気になる。即身仏を眺めるふりをして私は老婆と少年を盗み見していた。火明はしきりと見物を切り上げようとする。そこに突然少年の叫びが上がった。振り向くと老婆が少年の背中に馬乗りとなって押さえ付けていた。少年は暴れた。畳をばたばたと足で叩《たた》く。老婆は少年のシャツのボタンを外して背中を剝《む》き出しにした。寒気《さむけ》が私を襲った。薄暗さのためにはっきりとは見えなかったが、少年の背中にはびっしりと鱗《うろこ》が生えていたのである。老婆は手にしていた数珠《じゅず》で少年の背中をびしびし叩きつけながら寺の者に手助けを頼んだ。住職がばたばたと駆け付けて来た。少年は老婆を撥《は》ね上げると畳を這《は》って逃げた。体が波打っている。私には確かに大蛇と映った。少年は本堂の柱に腕を伸ばし、くるくるととぐろを巻くような格好で天井へと攀登《よじのぼ》った。信じられない。柱は少年の回した両腕よりも太く、しかもつるつる磨かれていて手掛かりがない。私は震えを覚えつつ見守った。天井近くまでに達した少年は老婆を凶暴な目で睨み付けると赤い舌を出して威嚇《いかく》した。老婆は途方に暮れていた。住職も動転している。勝ち誇ったような少年の冷たい目が次に遠巻きにしている私たちに向けられた。背筋の凍る思いとはあのことだ。憑《つ》き物についてはそれこそ飽きるほどに資料を読んでいる私であったが、それらしき現実に遭遇したのははじめてだ。少年はじっと火明を見ていた。やがて怯《おび》えと怒りの両方が少年の目に浮かんだ。少年の身が縮まる。仕方なさそうに火明は少年の取り組《すが》っている柱に接近した。少年は悲鳴を上げた。明らかに怖がっている。火明はそこから下りて来るように強い口調で命じた。少年は急に力が抜けたようにおとなしくなった。少年はずるずると柱から滑り落ちて来た。住職がその体を支えて畳に下ろした。はだけた胸から鱗がすっかり消えている。私は驚いて火明を見詰めた。火明は珍しく厳しい目をしていた。住職が火明に礼を繰り返す。そのとき、老婆が火明の名を口にしたのである。火明は笑って挨拶《あいさつ》した。私にはなにがなんだか分からなかった。が、火明と老婆が交わす話を聞いているうちに想像がついた。老婆はこの寺に頼まれて少年の霊障を払いに来た著名な霊能力者のようだった。そして……火明はその老婆とは比較にならない力の持ち主と思える。

釈然としないものを胸に抱《かか》えながら私は寺をあとにした。宿に向かう車の中で問い詰めると火明も覚悟していた風で素直に認めた。

と言ってどれだけの能力なのか私には判断がつかない。世の中に霊能力のあるなしを見極めることほど厄介なものはないのだ。予言はたいてい曖昧《あいまい》なものであるし、スプーン曲げや物体移動は手品師にもできる。守護霊や背後霊は当人にしか見えないのだから始末が悪い。あの鱗の生えた少年を封じた瞬間に立ち会っていても、なおかつ私は火明の力を信じ切れないでいた。小説には頻繁に霊能力者を登場させているくせして、現実となると懐疑が先に立つ。霊能力があると自称する者の九割以上は詐欺師まがいのものだと言われている。私の執拗《しつよう》な質問に応じるのが面倒になったのか火明は車を道の脇《わき》に停《と》めた。深い山の中だった。火明は私を外に誘った。道を少し離れた斜面に腰を下ろす。私も側《そば》に並んだ。

火明は戸惑っている私の首筋に左手の親指と人差し指を強く押し当て、右手で両方のこめかみをぐりぐりと揉《も》んだ。気が遠くなるほど心地好い。自然に瞼《まぶた》が閉じた。しばらく火明のするがままに任せた。

そろそろ見えるはずだ、と火明は言った。

私は目をそっと開けた。目の前の光景が一変していた。私たちの乗っていた車が消えている。それどころか道路さえ違っていた。工事の真っ最中で山が削られていた。ショベル・カーやダンプが慌ただしく行き来している。大勢の人夫たちが汗みどろとなって働いている。砂塵《さじん》がもうもうと舞い上がり、私まで噎《む》せ返った。幻覚などであるはずがない。人夫たちの笑い声や機械の音が耳に響き渡る。ダイナマイトが炸裂《さくれつ》した。先を阻んでいる岩を粉砕したのだ。細かな破片が私の頭上に降り注いだ。思わず頭を腕で庇《かば》った。不安そうな声で鳥たちが鳴いている。森は呻《うめ》いていた。その悲しみが私にも伝わる。肉を削られ、温かな衣《ころも》を剝《は》がされているのだ。私はぼろぼろと涙を流した。

不意に——

その光景が元に戻された。

穏やかな夕日を浴びて私は草の斜面に腰を下ろしていた。火明の車もちゃんと目の前にある。だが、私の心臓の高鳴りは止《や》まない。

催眠術なのか、と私は火明に質《ただ》した。なにが見えたか、と逆に火明は訊《たず》ねた。私は今の光景を克明《こくめい》に伝えた。火明は頷いた。それは私たちが腰を下ろしている山の記憶なのだと火明は言った。人がさまざまな出来事を記憶しているように、植物や石や土にもその能力が備わっていると言うのだ。霊能力を持つ者がその場所に立ち、人間の前世を透視するようにすればおなじ結果が生じる。忘れ難い記憶が伝わって来るのである。この山にとって道路工事がそうだったのであろう。何万年となくおなじ営みを繰り返して来た山にとって、大規模な道路工事がいかに辛《つら》い記憶であるか私にも得心がいった。しかし、霊能力者ではない私にそれがはっきり見えた理由は分からない。自分に見えたものを私にそのまま伝えたのだ、と火明は説明した。火明の指先から私の脳に映像として流されたのである。

それでも……私には信じられない。

私の見た光景が本物だったと知ったのは翌日だった。私は翌朝、宿泊していた町の図書館にこっそり足を運んで道路工事の資料を探した。そういうことには馴《な》れている。そして、工事を請け負った会社を突き止めた。まさに私が見たダンプカーの脇に記されていた会社名がそこに掲載されていた。四十年も前の道路工事について火明がなにか知っていたという可能性はゼロに等しい。私に信用させる目的で準備していたのなら別だが、すべてが偶然だった。車の中で霊能力について問い質さなければ火明は真っ直ぐ車を走らせていたはずだ。工事は多くの会社によって分担されていたので、合致する確率はほとんどない。

疑いは捨てたものの火明の能力に関して興味が増大した。宿に戻ると私は火明にまた頼んだ。私の部屋でそれを行なった。たちまち私は火事の激しい炎に包まれた。息が詰まる。私の目の前を浴衣《ゆかた》姿の男女が駆け抜け、窓から直ぐ下の池へと飛び込んだ。

もはや想像がつくだろう。宿の主人に訊ねたら八年前に火事があって半焼の憂き目に遭ったと言う。建物にとってその火事こそが一番忘れ難い記憶であったのだ。

とてつもない能力である、とそのときは驚嘆したのだが、よく考えれば珍しいものでもなかった。道路工事がいつ行なわれたかとか、火事が何年前に起きたか程度をぴたりと言い当てる霊能力者は世界にたくさん存在する。霊視は人間に対してのみ行なうものではない。真に驚嘆すべきは、その霊視した映像を第三者にまで正確に伝えられるという点にある。火明の力を借りれば、私にも目の前の相手の前世や守護霊を見ることが可能になる。家内や知人たちの前世や守護霊をその方法で見たい誘惑に駆られた。けれど、必死で堪《こら》えた。それを知ったからと言ってなにが変わるわけでもない。むしろ知らない方がいい場合もあるに違いない。第一、そんな詰まらないことだけに火明の能力を使えば、彼に疎《うと》まれる結果となるのは目に見えている。彼はそれが煩《わずら》わしくて能力を隠し続けて来た男なのだ。

考えた末に私はある提案を火明に持ち出した。つまり、これから私たちがはじめようとしている旅である。

何年かかるか分からないが、私は火明を伴って日本を回ることにした。そしてその土地に残されている大事な記憶を探るのだ。もちろん互いに都合があるので一気に回ることはできない。土地によっては大事な記憶に年代の前後もあろう。だが、これほどに火明の能力を有効に生かすアイデアはあるだろうか。

火明も面白がって了承してくれた。

記録はすべて私の役割である。

記録と言っても、見たままをその通りに連ねれば全部がおなじ雰囲気となってしまう。私も物書きを職業としているからには、ただの見聞録にしたくない。

見聞きしたことを再構築して小説の形に直すことに決めた。その方が読んでもらいやすくなる。ただ、最初に断わっておくことがある。私が半年前に経験したような、わずかの間の霊視であれば問題がないのだけれど、数時間、あるいは何日かに分けてのこととなると、つまりは定点観測のようなものなので反対に細かな部分が見えにくくなるらしい。そこで火明はさらに一歩踏み込む方法を試みてはどうかと勧めてきた。私にはいま一つ説明しきれないのだが、大画面を呼び出してから、その中の一人に焦点を合わせるのと一緒だと言う。火明が特定の人物の中に潜《もぐ》り込んで、その目を通して内部を検索するという方法だ。願ってもないことだと私は喜んだが、それだと公平な視点を見失うおそれも生じてくる。どちらがいいか悩んだ果てに、結局、火明に任せることにした。

前置きが長くなったようだ。

自分でも承知している。けれど物語の最初なので、もう少しだけ補足をしておこう。肝心の土地の選択についてだ。闇雲《やみくも》に歩いてそれを行なっても意味がないのである。道路工事や火事の話だけでは私も面白くないばかりか火明の能力の無駄遣いとなる。やはり私にとって興味のある土地というのがポイントとなる。となると私に課せられる役目は重要となってくる。あらかじめ資料に丹念に目を通し、どの土地を訪ねればいいのか検討を重ねた上で火明を伴わなければならない。たとえば京都なら神泉苑《しんせんえん》辺りが面白そうだ。朝廷によって御霊会《みたまえ》が何度となく開催された土地である。その土地が一番大事に記憶している物語とはなんだろうか？　あそこでは空海《くうかい》も雨乞いを行なっている。ひょっとすると空海に出会えるかも知れないのだ。京都にはその他にまだまだ興味深い土地があるので神泉苑に決めかねているのだが、つまりはそのようにして土地が選ばれる。すでに三つの土地を訪ねた経験で言うと、この選択方法に大きな間違いはないと確信している。私の持っている資料に記載され、あるいは伝承となって残されている物語は、その土地にとってもやはり思い出深いものなのである。鎌倉で言うなら町の中心と目される若宮大路に立てば鎌倉幕府の成立を目の辺りにすることができるだろうし、鶴岡《つるがおか》八幡なら実朝《さねとも》の暗殺の瞬間がきっと記憶されているに違いない。歴史が多く語り継がれている土地は選択にもさほど面倒がない。これから旅する土地はそのやり方で選ばれたものばかりだ。なるべくバラエティに富んだ展開にしたいのは物書きとしての欲であるのだが、選択の段階で私の興味が相当な重さとなっている以上、どこまで年代や話の内容に広がりが生まれるか不安がないわけでもない。私は近代の政治や悲恋などにほとんど関心を持っていない。無意識にそういう話ができそうな土地は外してしまうであろう。反対に鬼伝説とか古代遺跡に大いなる興味を覚える。もしその県にそれを見付ければ躊躇《ちゅうちょ》なく選んでしまう可能性があるのだ。現に三つのうち二つは遺跡絡みの場所だった。幸い遺跡の年代が異なるので続けて紹介しても似通った印象は特に持たれないと思うが、最初の試みということもあって隣接した県を回り歩いたから、わざと二つの話の間隔を開けて伝えることになるはずだ。

それでは、いよいよ旅のはじまりである。

秋田県鹿角市十和田大湯字野中堂

1

春の穏やかな風に乗って甘い草花の香りが運ばれてくる。若者はそれに気付いて急がせていた足を止めた。額《ひたい》にびっしり噴き出ている汗を手の甲で拭《ぬぐ》って息を整える。花の匂《にお》いに自分の汗の匂いが重なった。ほてった体を風が心地好く包んで通り過ぎて行く。正面を塞《ふさ》いでいる断崖《だんがい》から流れ落ちてくる風であった。若者は間近に見上げる断崖の高さに緊張を覚えていた。陽はまだ眩《まぶ》しい輝きを見せているが、若者は大事を取ることに決めた。もし断崖を登り切らないうちに陽が沈めば足元が危うくなる。それよりは今のうちに登り口を探しておく方がいい。そうすれば日の出とともに登ることができるだろう。ここまで来たら焦る必要はない。若者は自分に言い聞かせた。深い山や谷を越えて日の出を十七回も数えた末に辿《たど》り着いた場所なのである。

若者は左手に見える丘を目指した。あの丘の一番高い木に攀登れば周辺の見晴らしが利《き》くはずである。もしかすると断崖の上まで見通すことができるかも知れない。若者にとってここははじめて訪れるところだった。受け入れてくれるかどうか分からない状況では、慎重に様子を探るのが肝要なのだ。

丘を目当てに深い藪《やぶ》を掻《か》き分けていたら美しいせせらぎに至った。若者は思わず顔を綻《ほころ》ばせた。皮袋に詰め込んできた水は一滴も残っていない。汚れていた手を洗って掌《てのひら》にきらきらと光る水をすくう。冷たい。地下から湧《わ》き出た水に違いなかった。若者は何度かすくっては喉《のど》の渇きを癒《いや》した。もう必要はないはずだったが念のために皮袋を水に沈めて一杯に満たした。引き上げた皮袋は頼もしいほどに手応えがある。若者はついでに顔も洗った。冷たさに気持ちが引き締まる。立ち上がった若者の視野に三頭のイノシシの姿が入ってきた。母子だ。母親は若者に気付いていた。身動きせずに若者を見ている。だいぶ離れているので安心しているようだが、背中を膨らませてじっと目を逸《そ》らさない。無意識に若者の指が矢の羽に届いていた。が、若者はにっこりと笑うとイノシシを忘れてせせらぎを渡った。イノシシの母親は若者を見送った。遠い位置だったが矢を外す距離ではなかった。昨日なら射《う》っていただろう。獲《と》ったところで煙をだすわけにはいかない。その判断がイノシシの生命を救っただけに過ぎない。

　藪を抜けて緩やかな丘を登りはじめると膝《ひざ》までの草原から数羽のキジが飛び立った。低く飛んで若者から遠ざかる。豊かな土地だ。あまり怯えていないのは数の多さを示している。それとも、あの断崖からこちらに足を運ぶことが少ないのだろうか。若者は振り向いた。だいぶ視野が広がっていた。断崖はずうっと左右に伸びている。やはり攀登るしかなさそうだ。迂回《うかい》して楽な道を探そうとすればまた二度や三度の日の出を覚悟しなくてはならない。噂《うわさ》で耳にしていた通りの場所だ。よそ者は滅多《めった》に近付くことができない。だからこそ神も安心して立ち寄るのであろう。

　しかし、神など本当にいるのだろうか。

　若者は広い空を見上げた。

　亡くなった若者の祖母は、確かに神の乗る船が空を駆けるのを若かった頃に見たことがある、といつも口にしていた。長老たちの何人かもそれに頷いた。けれど若者は一度として見たことがない。星の美しい夜に山の頂上で待てば見ることができるかも知れないと聞かされて何日か一人で試したこともあった。それでも無駄だった。本当にいるのであれば神は若者の暮らす村を見捨てたのであろう。それが若者には悔しかった。長老たちは神を信じて日々を過ごしている。捧《ささ》げ物を欠かしたことがない。どんなに獲物が少ないときでも真っ先に神の分が選り分けられるのだ。なのに神は一度として姿を見せてはくれない。若者が今の村長《むらおさ》の跡継ぎに定められたとき、一番に心を占めたのはその問題だった。祖母のように一度でも神の船を見ていれば、たとえなにをしてくれなくても神への崇敬を持ち続けていける。だが若者には自信がなかった。長となれば七十人の暮らしをしっかり守っていかなければならない。自分が長でいる間になにが起きるか見当がつかない。戦さもあれば病いも襲うだろう。そのときにどこまで神にすがっていいものか分からない。若者の頭には幼い弟を失ったときの悲しみが甦《よみがえ》っていた。雨が降り続いて食べ物の少ないときだった。腹を空かせて弟は神への供物を口にして厳しい罰を受けた。長の命令で小屋に閉じ込められた弟は隙《すき》を見付けて森へと逃げ出した。そしてうっかりと獣を獲る罠《わな》に落ちて死んでしまったのである。弟に罪はなかった。目の付く場所に供物を置いていた長が悪い。あのときは本心からそう思った。弟を殺したのは神と長の二人だと感じた。だからこそ本当に神がいるものなのか知りたかったのだ。なのに自分が次の長と定められる歳となっても確信が持てない。そういう自分が長となっては村をますます駄目にしてしまう。そこで若者は神を探す旅にでることにした。

それからおよそ八十回の日の出を見ている。

いくつかの村を訪ね、神の休むという高い頂きに何度か登った。そうしてついに神が今も立ち寄るという村の噂を聞き付けたのだ。

それが目の前に聳《そび》える断崖の上にあるとされる村であった。

胸の高鳴りを鎮《しず》めながら若者は丘をまた登りはじめた。

丘の頂きからの眺望は若者が想像していた以上のものだった。断崖の上に広がる高地が遥か彼方まで見渡せた。沈みかけた陽に照らされて高地は薄桃色に映《は》えていた。神の宿って不思議のない場所と思える。前方は高い断崖が侵入を阻み、後方には切り立った山々が盾となっている。断崖と山々に守られた形の起伏の少ない高原の中心に大きな屋根の架かった住居がいくつか見られた。その周囲には小さな住居が百近くも認められる。巨大な集落だ。若者の村には住居が十一しかない。それから計算すると、あそこには少なくとも五百人以上が暮らしていることになる。若者は呆然と立ち尽くしていた。五百人以上が一つになって暮らす村があるなど信じられない。

多くの村を知っているが、せいぜい百人が村を営む上での限界である。それを超えれば食べ物の確保が途端にむずかしくなる。食糧の少ない冬を乗り切れなくなるのだ。一族が生き延びるためにはどうしても全体の負担を軽くしていかなければならない。村の人数が膨らめば嫌でも分散が強《し》いられる。なのに……目の前には確かに百を越す住居がある。

神の守りがあるせいなのだ、と若者は思った。それ以外に考えられない。あそこを訪れる神を自分の村に招くことができれば、もはや飢えも病いに倒れることもなくなるに違いない。若者の胸はどきどきしはじめた。

だが、簡単に叶《かな》う願いでないのは若者とて承知していた。あの村の住人が許してくれるわけがない。神を失えば村が滅びる。

若者は村の周辺をじっくりと探った。

特に警戒している様子は見られない。

若者の目は断崖の辺りに戻された。

その目は遠く離れた草藪に潜む小さな兎《うさぎ》さえ見分けることができる。

若者は断崖近くの平地に神の守りを願う石の柱が林立しているのを見付けて息を呑んだ。どこの村でも見掛けるものだが、輪の大きさと立石の数がまるで異なる。これだけ離れた場所からでさえもはっきりと分かる巨大さだ。一つの輪の中に若者の村がすっぽりと納まりそうだった。それが四つも作られている。整然と敷き詰められた石が青い草原に綺麗《きれい》な模様を描いているのである。

思わず溜《た》め息が洩《も》れた。

ぼんやりと見詰めていた若者は続いてその背後に聳える美しい三角の小山にも不思議さを覚えた。階段状に山の斜面が削り落とされている。自然の山とも思えなかった。それは平地に一つだけ盛り上がっているのだ。しかし盛り土とすればとてつもない大きさである。

〈ここは……どういう村なんだ〉

さすがに不気味なものを感じはじめた。なにからなにまで若者の村とは違っている。

熊にも怯えたことのない若者の目に不安が生じていた。迂闊《うかつ》に近付くべきではないと本能が教えている。

若者の耳がぴくりと動いた。

草を踏む微《かす》かな足音を聞き付けたのだ。こっちを目指して忍び寄ってくる。獣ではなかった。鹿なら自ら近付いてはこないし、熊や狼はもっと気配を殺すことができる。人に間違いない。それも音の広がりでは二人か三人。

若者は矢を手にして素早く弓につがえた。

相手も察して動きを止めた。

「俺《おれ》の矢はそこまで届くぞ。試してみるか」

若者は見当をつけた草藪に声を張り上げた。逡巡《しゅんじゅん》している様子が伝わってくる。

「そこでなにをしている」

顔を見せずに一人が質してきた。

「断崖の登り口を探していた」

若者は正直に答えた。

「なんのために？」

草藪からちらっと矢の先が見えた。相手も弓を構えている。若者は体を屈《かが》めて、

「だいぶ前より山を彷徨《さまよ》い歩いている。断崖の上の空に煙の上がっているのを見付けて昨日から目指した。だがこれ以上は進めぬ。それで登り口を探していたのだ」

「どっちからやってきた？」

「昨日までは川に沿って上がってきた。知らぬ土地ゆえ南の方角としか言えぬ」

「気の毒だが川に沿って戻れ」

それは命令ではなく諭《さと》しているような口調だった。若者は怪訝《けげん》な顔をした。

「大事なときで村の皆の気が立っている。連れて行けばどうなるか分からぬ。おま

えのためだ。安心しろ。迷い人と知ったからには危害を加えるつもりはない」

一人が立ち上がった。精悍《せいかん》な顔立ちをした男だった。若者より少し年上であろう。

「俺の矢もそこまでなら届くぞ」

いきなり男は弓を構えて放った。矢は鋭く風を切りながら若者の頰《ほお》近くをかすめた。後ろの細い幹に乾いた音を立てて突き刺さる。

反射的に身構えた若者だったが、的を外したものではないと察した。はじめから後ろの幹を狙《ねら》って射ったのである。恐るべき腕だった。この遠さなら届かせるのが精一杯なのだ。若者が弓を下ろすと男は陽気な声で笑った。

「俺の腕が分かるぐらいなら、おまえも相当に弓を使えるはずだ。獲物に不自由はせぬ。これもやる。明日の日の出とともに立ち去れ」

男は首に下げていた紐《ひも》を外しながら近付いてきた。若者も男に向かった。

「これは？」

男から受け取ったものを手にして若者は首を傾《かし》げた。長い紐の先に球《たま》の形をした土器が結び付けられていた。球の中は空洞で、上半分には大きな穴がいくつか見られた。しかも穴の大きさが全部違っている。

「森の中や草原でこの紐を勢いよく振り回せば鳥や獣の嫌いな音がでる。鳥は空に飛び出すし、兎や鹿は怯えて立ち止まる。そこを射れば簡単に仕留められる」

「本当か?」

若者には信じられなかった。

「こうするのだ」

ふたたび男は紐を手にしてゆっくりと頭上で振り回した。鈍い音がした。男は次第に回す力を強めた。音がだんだんと甲高いものに変わっていく。

ざざざざ、と若者の周辺の草原が騒ぎはじめた。七、八羽のキジが一斉に空へと飛び出した。男の背後に従っていたもう一人が敏捷《びんしょう》に矢を射った。一羽が墜落する。

若者は啞然《あぜん》とした顔で男を見やった。

「今の獲物もくれてやろう。それで文句はないな?」

「その球はどうしてそんなに軽い?」

それに堅かった。自分たちの村で拵《こしら》える土器とはまったく違う。

「余計なことは考えるな。明日も俺は見回りにでる。もし会えば今日のようにはならぬぞ」

男は若者に球を手渡して踵《きびす》を返した。

〈戻るわけにはいかない〉

若者は男の背中を眺めながら決めていた。

この球一つを見ても自分たちの暮らしと掛け離れていることが分かる。

知りたいことがいくらでもあった。

2

異様な気配を感じた。

若者は目を瞑《つぶ》ったまま、それがなんであるのか心を集中させた。頭上を覆っている梢《こずえ》が微かに震えている音がする。風のせいではない。風なら自分の頬も感じるはずである。若者は枕《まくら》にしていた枯れ枝から頭を外して草の地面に耳を押し当てた。地鳴りのような鈍い震動が伝わってくる。地揺れだった。しかし、普通の地揺れとは異なっている。微かに、いつまでも続いている。

若者は半身を起こした。

そうすると地揺れは感じられなくなった。

首を傾げた若者はふたたび地面に耳を当てた。震動はやはり続いていた。あまりに震動が小さ過ぎて地面に耳を当てなければ感知できないのである。

不気味だった。

若者は震動の続いている間、そのままの姿勢を保っていた。これほどに永い震動は生まれてはじめてのことだ。地面がまるで生きているかのように感じられる。

眠っていた鳥たちも異変を察したのであろう。林が騒がしくなった。月明りで青白い夜空に無数の鳥が一斉に逃れていく。黒い鳥影が若者の上空を埋める。若者はあんぐりと口を開けて見上げた。鷹も雀も烏も鳩も、互いの存在を忘れてゆっくり翼を用いながら不安そうに地面を見下ろしているのだ。甲高い囀《さえず》りが空に響き渡る。

若者は立ち上がった。

近くに獣の気配を感じたからだ。

目の前の藪を掻き分けて大きな影が出現した。熊であった。熊は若者を認めて唸《うな》りを発した。が、熊もまた怯えていた。まさか人間と遭遇するなど考えてもいなかったらしい。熊は藪の中に後退して吠《ほ》えた。若者は心を鎮めた。熊に自分を襲うつもりはないと判断できたからだった。ここで下手に動けば攻撃を誘う結果となる。若者はそろそろと地面に腰を下ろした。草の中に指を動かして弓と矢を摑《つか》む。素早い動きは禁物である。額から滴り落ちる汗をそのままに若者はようやく弓に矢をつがえた。射つ気はない。万が一の用心だ。

熊は若者が草に胡座《あぐら》をかいて静かにしているのを見守っていた。小首を傾げている。

やがて熊はふたたびのっそりと藪からでてきた。若者は熊を正面から見据えた。熊は低い唸りを上げながら若者を威嚇した。逃げ出したい衝動を必死で若者は抑えた。ここで背を見せれば必ず襲われる。膝のところで若者は弓の弦を引き絞った。矢の先は熊の喉元《のどもと》に向けられている。だが、さすがにその矢は小さく震えていた。熊とは何度となく戦っているが、これほど間近で対したことはない。それに……巨大だった。この剛毛には矢など通用しないような気がする。開けた口の中か目玉にでも命中させない限り倒すことはできそうになかった。

弓を握る掌にびっしりと汗が噴き出た。

熊は黒い体を波打たせながら、ゆっくりと若者の周りを回りはじめた。若者は恐怖と戦い続けた。荒い息遣いと噎せるような熊の臭《にお》いが背後から伝わってくる。

熊はまた若者の前に戻った。遥かに接近していた。この位置では弓が役立ちそうにない。若者は覚悟を定めていた。

熊は若者が夜具として用いていた鹿の毛皮に鼻先を近付けた。目の色が変わっていく。皮に染み込んでいる血の匂いを敏感に嗅《か》ぎ取ったのだ。熊は凶暴な唸りを発した。若者にもはや躊躇はなかった。若者は素早く立ち上がると後退しながら弓を構えた。熊は咆哮《ほうこう》した。鋭い牙《きば》を見せる。

若者が矢を放とうとした瞬間——

熊の背後の藪がざわざわと揺れ動いた。

熊と若者は同時に藪に目を動かした。

無数のけたたましい叫びがいきなり藪から襲ってきた。若者はその場に蹲《うずくま》った。野鼠《のねずみ》の大群であった。何百何千という野鼠が藪から飛び出てきたのである。熊は動転した。野鼠に追われるごとく斜面を逃れていく。若者の手足にも野鼠が食らいついてきた。若者は身を縮めたまま堪えた。振りほどけば新たな敵に襲われるだけである。野鼠の大群は尽きることなく現われて若者の足元を通り過ぎた。

やがて、静寂が戻った。

若者は瞑っていた目を開けた。

周囲の草が千切れて黒い土が剝き出しとなっていた。野鼠に踏み荒らされたのだ。鹿の毛皮もずたずたにされていた。齧《かじ》られたのであろう。若者は肩で大きく息を吐《つ》いた。

なにが起きたのか見当もつかない。

〈あの地揺れか？〉
思い当たるのはそれしかない。若者は地面に耳を当てて様子を確かめた。どうやら治まったらしい。鳥たちもいつの間にか梢に戻っている。若者は一人頷いた。

日の出にはまだまだ間があった。

だが、若者は身支度を整えると月明りを頼りに丘を下りはじめた。体を動かしている方が安心できる。

〈あの二本の木だったな〉

若者は青白い闇《やみ》の奥に聳える栗の巨木の位置を見定めた。昨日若者の前に現われた男たちはあの向こうに姿を消したのだ。その先に断崖の登り口があるに違いないと若者は睨んでいた。毎日のように上り下りしているのなら道が作られているはずである。それに、この暗がりなら見咎《みとが》められる心配も少ない。

丘を下りきったせせらぎで若者は皮袋にたっぷりと水を詰め込んだ。飲み水を見付けたら真っ先に古い水を捨てて皮袋を満たすのが旅の知恵というものだ。先になにがあるかだれにも分からない。水さえあれば三日は食わずとも生きていかれる。

〈さてと……〉

若者はせせらぎをそのまま上流に進むことに決めた。膝までしかない浅い流れだ。水面は月明りに照らされてよく見える。熊もよほど空腹でない限りせせらぎには入ってこない。せせらぎは足首が千切れそうなほどの冷たさだったが、わずかの辛抱であろう。

器用に水面に突き出た石を伝いながら若者は上へと向かった。石に飛び移るたびに小魚がその下から逃げ出す。その気になれば手摑みでも獲れるような緩慢な動きだ。この辺りの民はこの程度の小魚など見向きもしないのであろう。だから魚に怯えが見られない。

〈不思議な土地だ〉

若者は小さな溜め息を吐いた。丘にも無数の鳥や獣たちが居た。彼らにもさほどの警戒が見られなかったのである。自分の村では考えられないことだ。獣を獲るためには深い山の中まで入らないといけない。

〈断崖の上にはもっと食い物があるということか?〉

五百人以上が一つところに暮らしながら、食い物に不自由しないなど信じられない。やはり神の守りがあるとしか思えなかった。

〈…………!〉

若者の足がぎくっと止まった。いきなり周辺が眩《まばゆ》い明りに照らされたのだ。それは瞬時にして消滅した。若者は瞼を乱暴にこすった。なんの光なのかまるで分からない。それでも水面やせせらぎの周りの藪が真昼のごとく輝いたのは確かだ。若者は怖々と背後を振り返った。なにも見当たらない。しかし、光が後ろから襲ったのは間違いない。

〈なんなんだ？〉

ぞくぞくと寒気がする。

若者は藪のあちらこちらに目を動かした。

その目が遥か高みに向けられた。

〈なにっ！〉

青白い空に丸い皿のようなものが浮かんでいた。それは蛍のごとく淡い点滅を繰り返している。はじめて目にするものだった。

本能的に若者はせせらぎから藪へと逃れた。藪に身を潜《ひそ》めて観察する。明らかに鳥ではなかった。その上、相当高い位置にある。

無理と知りつつ若者は弓に矢をつがえた。

その腕がぶるぶると震えた。

皿から目を射るほどに眩しい光の束が地面に向けて投射されたのである。若者は掌で目を覆った。が、見届けないわけにはいかない。若者は指の隙間《すきま》よりこっそりと窺《うかが》った。光の束はまるでなにかを探すように動いていた。どんどんと若者を越えて断崖へと光が伸びる。若者の目も光を追った。光が断崖の上を照らした。わあっ、と何人かの声が上がった。断崖の端で大きく手を振っている男の姿が見えた。光は、ふっと消滅した。

ふたたび若者は空に浮かんでいる皿に目をやった。皿は上下にゆっくりと動いた。合図のように若者には感じられた。皿は音も立てずに滑空しはじめた。下界に接近する。輪郭が次第にはっきりしはじめた。

〈神の乗る船だ！〉

若者は確信した。祖母や長老たちから聞かされたものとおなじである。皿の上には丸い屋根を持つ小屋が作られている。

〈あの小屋の中に神が暮らしている！〉

小屋の窓さえも若者には見えた。窓には黒い小さな影が蠢《うごめ》いていた。船は地上すれすれにまで下りてきた。せせらぎに沿って進んでくる。若者は絶句した。恐らく自分の姿を発見されたに違いない。素早く若者は藪を這って逃れた。眩い光がまた襲った。藪のあちこちを探している。悲鳴を堪えつつ若者は太い倒木の空洞に潜り込んだ。光が倒木を包んだのはその直後だった。光はしばらく倒木を照らしていた。若者は息を殺していた。

光が遠ざかっていく。

やがて光の投射も止んだ。

船はまた上昇すると断崖を目指した。

断崖から大勢の歓声が上がった。

若者は倒木から飛び出て見守った。

船は断崖の上に消えていった。

若者はへたへたとその場に腰を落とした。

恐ろしい。震えが止まらない。

〈逃げた方がいいのではないか？〉

あんな神を自分の村に連れ帰ることなど不可能である。自分にはなにもできない。神が本当に存在することを知っただけで旅を続けてきた甲斐《かい》がある。若者は自分に言い聞かせた。あとは村に戻って神を招く方法を皆で考えればいいのだ。たった一人であの神に願うなど無理というものであろう。

〈いや……だめだ〉

若者は弱気を追い払った。

男たちが立っていた場所は神の守りを願う石の輪の辺りだった。彼らはやはりあの石の輪の力によって神を招いたのだ。他の村々には見られない巨大なものである。あの大きさにこそ神を招く秘密が隠されている、と若者は察した。としたならこの目で眺めて石の数や輪の大きさを頭に刻んでいかなければならない。おなじものを拵えれば神は必ず自分の村へ訪れてくれるに違いない。

若者は勇気を取り戻した。

栗の木の周辺を探ると道は楽に見付かった。深い藪が逆に痕跡《こんせき》を残してくれている。払われている枝を手掛かりに若者は進んだ。

断崖の真下に若者は辿り着いた。土の斜面に男たちの足跡がついている。若者は上に目を動かした。途中に人が潜れそうな狭い洞窟《どうくつ》が見えた。足跡もそこに消えている。若者は斜面を攀登った。若者は慎重に洞窟の中を覗《のぞ》き込んだ。明るいのは入り口付近ばかりで奥は真っ暗だ。若者は斜面に生えている木の枝を払って洞窟に入ると松明《たいまつ》を拵えはじめた。松脂《まつやに》は旅の必需品である。布の袋に入れていつも腰にぶら下げている。若者は袋を開いて中の松脂を指ですくっては枝の先に厚く塗りつけた。全部を塗りつけたあとに、その袋を巻きつける。これでしばらくは燃え続けるはずだ。若者は別の袋から火打ち石と枯れた藁《わら》を取り出した。手際よく石を用いる。直ぐに藁は赤い炎を上げた。松明にその火を移す。松明は洞窟を天井まで明るく照らしだした。

〈思った通りだ〉

洞窟の天井が松明の煤《すす》で黒く汚れている。何百回となく行き来した証拠である。これなら迷うこともない。途中で道が分かれていても天井の煤を目印にして進めば断崖の上に辿り着くことができるはずだ。たった一つの問題は出口の見張りである。しかし、ここにきて躊躇してもはじまらない。若者は歩きだした。洞窟は直ぐに急な勾配《こうばい》となった。人の手によって階段が刻まれている。狭い場所は大きく広げられていた。岩壁からは水が染み出ている。そのせいでひんやりと冷たい風が下から上へと吹き抜ける。松明の炎も揺らいだ。

〈だいぶ断崖の端から離れているな〉

若者は不安に襲われはじめた。まさかとは思うが、もし出口が村の中心にでも通じていれば厄介なことになる。

それでも若者は歩き続けた。
どうにでもなれ、という心境だった。

洞窟が急に狭くなりはじめた。屈んでやっと通り抜けられる程度だ。が、反対に呼吸が楽になっている。出口が近いのであろう。前方には微かな明りが見られた。若者は松明を消して様子を確かめた。人の気配はまったく感じられない。若者は這うようにして前進した。木枠を藁で包んだ扉が前を塞いでいた。藁の隙間から光が洞窟に洩れてきている。ようやく出口に達したに違いない。若者は藁を掻き分けて外を眺めた。

〈ここは！〉

さらに巨大な洞窟が目の前に広がっていた。明りは洞窟の中に何本となく燃やされている篝火《かがりび》のものだったのである。

〈風穴《ふうけつ》だな〉

若者は頷いた。地下の冷たい風がこの洞窟を一杯に満たしている。若者の村にもいくつかある。この風穴に食べ物を保管しておけば夏場でも腐ることがない。その意味では珍しくもないのだが、これほどに大きな風穴は見たことがなかった。もしかすると人が掘って広げたものかも知れない。

〈信じられない……〉

若者は洞窟に並べられている甕《かめ》の多さに驚愕《きょうがく》していた。一抱えもありそうな巨大な甕が三百以上も置かれているのである。若者は匂いを嗅いだ。栗の実の匂いが混じっている。空腹も加わって若者は眩暈《めまい》を覚えた。これほどに多くの食糧を目の当りにしたのは生まれてはじめてのことだった。若者の村でもむろん栗の実を貯《たくわ》えているが、この甕に三十も集められればせいぜいであろう。第一、若者の村にはこれだけの数の甕がない。小さな土器は簡単に拵えられるが、大型の甕となるとむずかしい。大事にするあまり、どこの家族も甕は土中に首まで埋めて用いている。そうすれば倒れて壊れる危険性がない。そのため用途も限られる。ここのように風穴に運びこんで保存の容器として使えないのである。

若者は羨《うらや》ましさを覚えた。

これも神から与えられた知恵のせいであろう。自分たちだとて大型の甕を二百も所有することができれば飢えから解放されるはずだ。

若者は後退した。

風穴に何人かの男たちがやってきたのだ。

〈くそっ！〉

冷や汗が噴き出す。もしこっちに来られたら逃げ場がない。身動きもままならない狭い洞窟なのだ。それに松明を消していては足取りも遅くなる。むしろ飛び出て戦うしかない、と若者は決断した。藁の扉に相手が手をかけたところを狙って襲えば一人は確実に倒せる。あとは運次第だ。若者は背中に挟んでいる石斧《いしおの》を抜いて身構えた。

だが——

男たちは甕に腕を伸ばした。食糧を運び出しにきただけらしかった。四人の男たちは二人で一組となって甕を抱えると姿を消した。

若者は狭い洞窟から風穴へと飛び出した。

ここにぐずぐずしていては危ない。

甕から溢《あふ》れそうな栗の実を懐《ふとこ》ろに押し込んで若者は風穴の出口に走った。広い出口に見張りの姿はない。若者は出口に辿り着くと辺りを窺った。深い山の中であった。林が邪魔をして場所の見当がつかない。迂闊《うかつ》に麓へ向かえば命取りになる。若者は山の頂上を目指した。もうすぐ夜が明ける。

若者の足取りは軽かった。

断崖の上に達したからには目的を半ば以上果たしたも同然である。あとは山伝いに石の輪の場所まで接近して調べるだけだ。

〈こんな……ばかなことが〉

山頂から下界を見下ろした若者はがっくりと肩を落とした。自分の居る山は広大な台地のほぼ中心にぽっかりと突き出たものであったのだ。前方に見える石の輪の場所に向かうには山を下りて村落の脇を通過するしか方法がなかった。背後を迂回しようにも、台地のあちらこちらに見張り台が設けられている。

〈どうする？〉

若者は自問した。道はいくつもない。諦《あきら》めて洞窟から逃れるか、この山に潜んで夜を待つか、夜明けまでのわずかな時間を利用して一気に石の輪の場所まで駆け抜けるか、である。せっかくここまでやって来ながら逃れる気にはなれなかった。それに神の乗る船にも興味がある。石の輪の場所の近くに船が着地しているのがはっきりと見えた。と言って夜を待つつもりにもなれない。その間に神が去ってしまっては無駄となる。若者は道筋を頭に入れて山を下りはじめた。村落には赤々と火が点《とも》されている。神を迎えての祭りの用意でも整えているのであろうか。それも若者には好都合だった。

3

若者は風穴に立ち寄ると小振りの甕を選んで肩に乗せた。こうして歩けば人の目をごまかせるのではないかと思い付いたのだ。それに甕が顔を隠してくれる。村落さえ無事にやり過ごせば石の輪のところまで見張り台はない。藪も多いので隠れる場所に苦労もなさそうである。若者は悠然とした足取りで麓に向かった。村落のあちこちに篝火は燃やされているが、外にでている人影は見当たらない。

〈祭りとは違うみたいだな〉

若者は首を傾げた。祭りの準備であるならもっと賑《にぎ》やかなはずである。村には緊張が感じられた。多くは村落の中心に建てられている巨大な屋根の住居に集まっているようだが、笑い声は聞こえてこなかった。反対に激しい応酬の声が洩れてくる。若者は立ち止まって耳を澄ませた。しかし、こう離れていてはなんの言い合いか分からなかった。

〈神が訪れたと言うのに……〉

奇妙なことだ。あの建物の中に神も同席しているのだろうか？　近寄って確かめたい衝動に駆られる。だが危険過ぎる。小さな住居がいくつもあの建物を取り囲んでいる。必ず見咎められるであろう。

〈そう言えば昨日の男も……〉

妙に苛立《いらだ》っていた。大事なときなので村の者の気が立っている、と口にしていた。それで神が相談に現われたとも考えられる。

〈まさか〉

若者はその考えを直ぐに退《しりぞ》けた。それでは神と言えない。悩みや苦しみを救ってくれるからこそ神なのだ。

不意に建物から三人の男たちが飛び出てきた。若者は慌てて地面に這った。男たちは近くの住居に走った。一人が中に入る。しばらくすると男は四人の子供たちを従えて外に戻った。子供たちは怯えていた。母親らしい女たちが中から姿を見せた。嗚咽《おえつ》が洩れる。若者にも察しがついた。あれは神に捧げられる子供たちであろう。若者の村でもだいぶ昔に行なわれたことがある。川の水が涸《か》れ切った猛暑の夏だった。それでも雨は降らなかった。神に仕える女はさらに幼い娘の命を求めたが長《おさ》は逆にその老婆を殺した。それ以来、若者の村では神に命を捧げることをしていない。

〈だから神は俺たちを捨てたのか？〉

生贄《いけにえ》など必要がない、と若者は信じていたが、現実に神の到来する村でそれが行なわれていると知って心が揺らいだ。

〈そこまでしないと神は救ってくれぬのか〉

若者は溜め息を吐いた。石の輪を拵えることはできる。捧げ物を欠かさぬことも辞さない。だが、子供の命は別だ。それは結局、村の長である自分が命じることになるのだ。あの子供たちの中からだれかを選ぶなど自分にはとうていできない。

若者は髪を振り乱して立ち上がった。

〈俺はなにをしようとしている？〉

自分にも分からない。しかし、若者の足は子供たちが引き立てられていった建物に向けられていた。まだ、だれも若者の存在に気付いてはいなかった。若者は思い切り吠えた。

吠えながら真っ直ぐ建物を目指した。

「だれだ！」

何人かの男たちが戸口に立った。見知らぬ若者と知って男たちは慌てた。次々に飛び出て若者を取り囲んだ。

「俺は神など要《い》らぬ！　要らぬぞ」

若者は声を張り上げた。男たちは仰天した。

「子を殺してまで村を守りたいか！　そんな神なら消え失《う》せろ！　俺は許さぬ」

若者を囲む男たちの数は三十にも膨らんでいた。しかし若者は怯《ひる》まなかった。

「やっぱり来たのか」

人垣を掻き分けて現われたのは昨日の男だった。若者は悪びれずに睨み付けた。

「ただの男ではないと見ていた。なんの目的で我らの村に姿を見せた？」

男は周りの連中を制しながら質した。

「神を探しに来たのだ。俺の村には神がおらぬ。だが、もういい。神の力など当てにせぬ」

若者は言い放った。

「帰れ！　貴様に無縁のことだ」

男は叫ぶと若者に近付いて襟を摑んだ。

「このまま消えろ」

男は若者の耳元に囁《ささや》いた。

「殺したくない。我らとて好きで子供を殺そうとしていると思うか？　やむなく決めたことだ。おまえに言われずとも承知だ」

若者は男の目を見詰めた。

「騒ぎを起こすな。これ以上やれば庇い立てができぬ。黙って立ち去れ」

言うなり男は若者を反転させると背中に差していた石斧と弓を取り上げた。

「行け！　来たからには戻る道も分かっていよう。他の者に手出しはさせぬ」

「何が起きている？」

若者は男とまた向き合った。

「あの地揺れと関わりがあることか？」

「本当に殺されるぞ」

暗い目で男は応じて石斧と弓を遠くへ投げ捨てた。拾って村を出ろということらしい。

「野鼠が逃げていった。熊や獣もだ。あんな地揺れははじめてだ」

「なんでおまえは逃げなかった？」

「危ないのか？」

若者の問いに男は答えなかった。

「子を捧げれば神は村を救うと約束したのか」

若者は詰め寄った。

「神にも分からぬことがある。だが、燃える山が間もなく火を吐くのは確かだと言う。そのあとのことは神も知らぬ」

「燃える山？」

「あの山の遥か北の方角に……」

男は裏手の山を目で示して、

「海と見紛《みまご》うほどの大きな湖がある。燃える山はその湖の真ん中に聳えている」

「そんな遠くの山がそれほどに心配か？」

若者には信じられなかった。燃える山は若者の暮らす土地にもあるが、見えないほどに離れていれば滅多なことにはならない。

「大きな地揺れが毎日のように続いている。何百日も前からだ。俺は何度も燃える山を調べに出掛けた。この冬に湖の水は凍らなかった。あんなことははじめてだ」

「………」

「神はこの土地を立ち去る」

男は苦渋の色を浮かべて呟《つぶや》いた。

「それを伝えに来たのだ。それで村の者らは怯えている。生贄などこれまで一度として行なったことはないが、神を我らの村に引き止めておくにはそれしか方法がない。神は今、祭壇の丘に入っている。やがてここへ戻られよう。その間に用意を整える」

「祭壇の丘？」

　男は無言で石の輪のある場所の近くに聳えている丘を指差した。階段状に斜面が削り落とされている例の山だった。ここからだと頂上に通じる石の段も見られた。

「神が来られればいつもあの祭壇の丘に籠《こも》られる。神の住まいする場所だ」

「確かに神を引き止められるのか？」

「分からん。神はなにも求めていない。だが、それ以外にどんな策がある？」

「なぜ神に訊《き》かぬのだ？」

「神は我らにも村を捨てろと言うばかりだ」

「それに従わぬのか？」

「ここを捨ててどこに行く？　それも神は教えてくれぬ。燃える山を支配する神の方が我らの神よりも力があるらしい。それで皆が迷っているのだ」

　男も困惑の表情を見せながら祭壇の丘に目をやった。小さな影がその頂上に現われた。村の者たちに動揺が生じた。いくつかの影は丘の中から荷物を運び上げている。

　どよめきが起こった。

　着地していた神の船が音もなく空に浮いたのだ。船はゆっくりと移動して丘の真上に停止した。船の底から光の束が丘の頂上へと投射された。若者は目を見張った。いくつかの荷物がふわりと空に持ち上げられて、船の底へ吸い込まれていったのである。

　村の者たちは祭壇の丘へと駆け出した。

　若者も男に従って走った。

「待て！」

　嗄《しわが》れた声が響き渡った。皆の足が止まった。

「神のお怒りに触れるぞ。丘に近付いてはならぬ。お戻りをお待ちするのじゃ」

　若者は声の主を振り向いた。この村の長であろう。白髪混じりだが鋭い目をしている。

「マル、その若い者を引き連れて参れ」

　長は男に命じた。マルという名のようだ。

「おまえの名は？」

男は諦めた顔で若者に質した。

「ナギと言う」

若者は苦笑いしつつ教えた。

若者は皆が集まっていた建物の中に案内された。想像以上に広い。地面が腰の高さまで掘られているので天井がさらに高く感じられる。屋根を支える柱は二十本も立てられていた。これなら七、八十人が楽に横になれる。

若者は柱の組み合わせを頭に刻んだ。ここまでは無理としても、この半分の大きさの住居を建てることができれば村の暮らしがだいぶ変わるに違いない。雪に閉ざされた時期でも大人数の作業が可能となるのだ。中に太い木を運び入れて冬の間に舟を拵えることさえできそうだ。そうすれば春から夏にかけて無駄な仕事に日数を取られることがなくなる。

〈神など頼らずとも生きていける〉

そのためには無事に村へ戻らなければならない。若者は下手に逆らわないように決めた。

「どこから来た？」

長は熊の毛皮に腰を下ろして訊ねた。

「神を探しに来たと言うていたな」

「あんな神なら要らぬ。この村だとてもう神は要るまい。俺なら好きに帰らせる」

若者はつい口にした。

「神は要らぬと言うか？」

長は微笑《ほほえ》みを浮かべて問い返した。

「俺の目から見れば、あんたたちこそ神に映る。好きに鳥や獣を獲る方法も知っている。大きな甕も作れよう。この村を捨てては生きていけぬと思っているらしいが、その知恵さえあればどこでも暮らせるはずだ」

若者の言葉にマルはにやにやとした。頷いた者は他に何人か見られた。

「どこに移ればよい？」

長は笑いを崩さずに重ねた。

「一人や二人ならその道もあろうが、ここには七百の民が暮らしている。燃える山の火がどこに飛んでくるか神にさえ分からぬ。あるいはこの村に災いが降り懸からぬかも知れぬのじゃぞ。簡単には決められぬ」

そうだ、と大勢が口を揃《そろ》えた。

「神にも分からぬものなら引き止めたとて無駄ではないか。子供を殺すことはない」

若者は長を正面から見据えた。

「そうじゃな。無駄なことかも分からぬ」

長は急に冷たい目をして若者を見詰めた。

「生贄を所望いたすか神に問うのが先だ。もし、神がおまえで構わぬと仰《おお》せなら我らの心も晴れる。よい客が舞い込んだ」

若者はぎょっと腰を浮かせた。

「縄をかけておけ。間もなく神が参られる」

長はマルに命じた。

「どうした。儂《わし》の言葉が聞こえぬのか」

長は動こうとしないマルを怒鳴りつけた。

「おまえの望み通り、子らを殺さずにすむ」

「よそ者では神が領きますまい」

マルは首を横に振り続けた。

「よそ者の味方をするつもりか！」

「俺にも神が要らぬような気がしてきた」

マルは笑って若者のとなりに胡座をかいた。

若者は呆れた顔でマルを見やった。

4

神が現われるまでの間、若者とマルの二人は狭い作業小屋の中に押し込められた。小屋は多くの村人らによって囲まれている。

「だから立ち去れと言ったのだ」

マルは若者に舌打ちした。

「見た通り村のだれもがおかしくなっている。よそ者のおまえのことなどだれも気にせぬ。本当に殺されるぞ。神が生贄を拒めば許されるだろうが……捧げ物を神は断わるまい」

「おまえもおなじではないか」

若者はマルを見詰めた。若者の味方に回ったとしてマルも同罪と見做《みな》されたのである。

「この村の問題だ。それで俺が死ぬのは仕方ない。どうせ早いか遅いかの違いだ。燃える山の火がここを襲えば皆が死ぬ。だが、おまえは別だ。なんの関わりもない。それが勿体《もったい》ないと言うのさ」

マルの口調には覚悟が感じられた。

「好きな女の一人や二人はおろうに……」

「あれは、神を写したものか？」

マルの言葉を遮って若者は質した。闇に馴れた若者の目にはいくつかの土偶が見えていた。丸い頭に大きな目玉をした奇妙な土偶であった。人を象《かたど》ったものとは思えない。自分の村にも神を写した土偶が伝わっているが、まるで異なっている。若者は近寄ると一つを手にした。大きい割合には軽い。中が空洞になっている上に生地が薄く仕上がっている。

「これが神か？」

もう一度若者は訊ねた。マルは頷いた。

「目玉がこんなに大きいから、なにもかもを見通せるのか？」

「きっとそうなのだろうな。神の言葉を聞くことができるのは村長ばかりだ。我らは遠くでお姿を見ることしか許されていない」

「この村にしばしば来るのだろう?」

「いや。俺はこれまでに三度しか神の到来を見ていない。参られたとしても神はそのまま祭壇の丘に籠ってしまう。村長も招かれぬ限り丘に近寄ることができぬ。だが、村長は神のお姿は確かにこの通りだと言っている」

「これは村長が拵えたものなのか?」

「村に代々伝えられているものを真似《まね》ているだけだ。北の海に面した村から伝えられたものだと聞かされている。燃える山の遥か向こうにある村だ。神は昔から多くの村を見守っておられる。どうやらおまえは勘違いをしているらしいな」

「勘違い?」

「この村は神の支配する土地の端に位置する、ほんの小さな村に過ぎぬ。だから神も滅多に足を運んでくだされぬのだ」

「これほど豊かな村が小さいだと!」

若者には信じられなかった。

「燃える山のある湖を見下ろす高原には三千を越す民の暮らす村がある。そこには神もときどき姿をお見せになるそうだ」

三千と聞いて若者は絶句した。

「神がどこにお暮らしなのか……だれも知らぬ。しかし、俺は見た」

「……………」

「何度か燃える山の様子を調べに出掛けたと言ったであろう」

マルは得意そうに口にした。

「燃える山に神の家があると？」

それにマルは首を横に振って、

「燃える山が聳えている湖の底だ」

「まさか！」

「湖の中から神の船が飛び出して来るのをこの目で見た。真夜中のことだった。神はそれをだれにも知られたくないのだ。だから夜中に出入りする。村を訪ねて来られるのも決まってそういう時分だ。昼に神の船を見ることはほとんどない」

「水の中に暮らせるはずがなかろう」

若者は否定した。考えられないことだ。

「神の支配する土地は湖を中心にして四方に広がっている。湖に近ければ近いほど村が栄えている。そう見るのが自然ではないか」

マルは土偶の一つを持ち上げて、

「人の言葉を用いるが、人ではない」

「魚だというのか？」

「二本の足で歩かれる。魚でもないさ」

「分からんな」

若者は溜め息を吐いた。

「それゆえ神なのだ。魚のように水の底に暮らし、鳥のごとく空を飛ぶ。そして人の言葉を話す。あらゆる生き物の上にあるのだ」

「そう言えば、どことなくカジカに似ている」

若者は土偶に目をやって顔面を眺めた。川の底で大きな目玉を動かす魚を彷彿《ほうふつ》とさせる。

「それも本当の顔ではない」

マルは苦笑いを見せて、

「村長の話では神はいつも頭に甕を被《かぶ》っているそうだ。大きな目玉は甕に開けられた穴だ。村長も神の顔だけは見ておらぬ」

若者は少し寒気を感じた。

「だれにも言うておらぬことだが……」

マルは外の気配を窺ってから続けた。

「俺は祭壇の丘をこっそり探ったことがある」

「神が籠っているときにか？」

「山が火を噴くと村長から耳にしてからだ。神が立ち去ると知って疑いを覚えた。山の火を鎮めてくれるのが神ではないか。なのに逃げるとは……ひょっとして俺たちはずっと誑《たぶら》かされていたのではないかと思った」

若者も大きく頷いた。

「祭壇の丘の頂上にある神の籠り屋には招かれた者しか近付けぬ。中に無断で踏み込めば死ぬと言われてきた。それがまことかどうか確かめたかった。俺が死なずに戻れば神の言葉は嘘ということになる。燃える山が火を噴くこととて誑かしかも知れぬ」

「…………」

「まだこれほど地揺れが感じられなかった頃のことだ。俺には信じられなかったのだ」

「それで？」

「無事に戻れたからこそ俺はここに居る。だが……神であるのは間違いなかった。

籠り屋に入ったことが知れれば俺は神に殺される。それでだれにも打ち明けておらぬ」

「なにを見たのだ？」

「祭壇の裏側に石段があって下に潜れるようになっている。それを辿ると神の籠る部屋に通じる。石組で囲まれた広い部屋の真ん中にはアラハバキで拵えられた大きな水桶《みずおけ》が二つ並べられていた」

「アラハバキ？」

若者は首を傾げた。はじめて耳にする。

「知らぬか」

マルは、なるほどと頷いて、

「黒く輝くカネだ。神が我らにもたらしてくれた宝だ。岩を溶かして火の水にしてから型に流し込んで刀や槍《やり》の穂先を作る」

「岩を溶かすだと？」

「そう聞いている。我らは出来上がったものしか与えられぬゆえ詳しくは知らぬ」

「火の水とはなんだ？」

「だから知らぬと言ったはずだ。村長の言葉をそのまま教えただけだ。しかし、刀や槍は何度も見ている。石刀などとは較《くら》べものにならぬほど切れ味が鋭い。熊の腹だとて簡単に切り裂く。大木さえも切ることができる」

「そんなものが本当にあるのか!」

「村長が持っている。それが村長であることの証《あか》しだ。アラハバキで拵えた刀が一本あれば小さな村の一つくらいは支配できる。なのに……籠り屋にはそれが無尽蔵にあった。水桶にまで用いられている。神であることの間違いない証しであろう」

「見たい……どうせ死ぬにしても、その前に籠り屋とやらをこの目で見たい」

「籠り屋には冷たい火がいくつも燃えていた」

マルの重ねた言葉に若者は困惑した。

「嘘ではないぞ。壁やアラハバキで拵えられた箱に、それこそ無数に燃えていた。青い火や赤い火だ。この指で触ってみたが、水晶の中に閉じ込められているらしく熱さが少しも感じられなかった。風もないのにいくつかは消えて、また燃え上がった」

「そんなばかな話があるものか」

若者は激しく首を横に動かした。

「まるで神が俺を見ているようだった。それで怖くなって逃げ出した。人の三倍もある熊にも怯えぬ俺が、だ。おまえだとてあれを見れば神を恐れるようになる」

「たかが小さな火であろうに」

「何百とある。籠り屋が輝くほどにな。その上、箱の中から唸りがずうっと続いている」

「…………」

「唸りと言うよりも蜂《はち》の羽音か。とにかく不気味な音だ。箱が開いてなにかが襲ってくるのではないかと気が気ではなかった」

思い出してかマルは顔をしかめた。

「水桶が二つと言ったな?」

若者は質した。

「変ではないか。飲み水なら一つで足りる」

「普通の水桶ではない。飲み水を溜めるものとは違う。人が楽に寝られるほどの大きさだ。第一、透き通った蓋《ふた》で覆われている。氷に似ているが冷たくはなかった。中に溜められていたものも水よりは泥に近い」

「さっぱり分からん」

若者の困惑はさらに強まった。

「神は我らと違う世界に生きている。我らなどに神の暮らしが分かるものか。だが……あの籠り屋を見たことで俺は神の絶大なる力を信じた。燃える山が火を噴くのは確かなことに違いない。しかも、神が逃げねばならぬほどに激しいものだ。それ以来、俺は村長に訴え続けてきた。手遅れにならぬうちに村を捨てて別の土地に移るべきだとな」

「村長がそれを拒んだのだな」

「その頃は地揺れもわずかなものだった。神も村を捨てろと言うばかりで、どこに行けばいいのか教えてくれなかった。他の村の者たちもぐずぐずと土地を捨てずにいる。村のだれもが俺の言葉に耳を傾けぬ。そしてとうとう今日という日がやってきた。神がいよいよ我らの前から立ち去るのだ」

マルが言った途端、地面が大きく震動した。二人の体が宙に持ち上がった。縦揺れである。屋根を支える柱が軋《きし》む。次いで横揺れが襲った。二人は必死に体勢を保った。震動はなかなか止まない。外の叫びが伝わってくる。藁葺《わらぶ》きの屋根が崩れはじめた。また強烈な震動が重なった。二人の上に柱が倒れてきた。

「逃げろ！　潰《つぶ》されるぞ」

マルは若者の腕を引いて戸口に向かった。屋根が落ちてきたのはその瞬間だった。

土埃《つちぼこり》が舞い上がる。二人は狭い入り口から外へ飛び出した。小屋を囲んでいた男たちの姿は消えていた。自分の家の無事を確かめに走ったのだろう。マルは村を見渡した。いくつかの屋根が崩れ落ちている。悲鳴があちこちから聞こえた。まともに立っていられないほどの揺れでは当たり前だ。

「なにをする気だ！」

祭壇の丘を目指して走りはじめた若者の背中にマルは声を発した。

「逃げるのは今だ！　そっちじゃない」

「俺は神をこの目で見届ける」

若者はマルを振り切って駆けた。

「間抜け！　せっかく助かると言うのに」

マルは追って若者と並んだ。

「もう遅い」

若者は北の空を顎《あご》で示した。灰色の雲が地上から空へと広がっていた。マルは青ざめた。

「燃える山が火を噴いたのだ。あの勢いではどこに逃げても一緒だ。それならせめて神と一言でも話をしてみたい。それを望みとして長い旅を続けてきたのだ」

よし、とマルも頷いて若者に続いた。目の前に見える祭壇の丘の頂上にはまだ神の船が浮かんでいた。

5

激しい震動に私は思わず目を開けた。

心臓が高鳴っている。

だが——それは幻だった。

私は辺りの平和な景色を見渡して、ほっと安堵《あんど》の息を吐いた。なにも変わっていない。

私が腰を下ろしている草原は揺るぎない平安の大地だった。目の前のストーンサークルは柔らかな夕日に包まれている。私は溜め息をもう一つ重ねて苦笑いした。

傍らに並んでいる火明継比古も小さく頷いた。その目はストーンサークルの向こうに綺麗な三角の稜線《りょうせん》を見せている黒又山《くろまんた》に注がれていた。

「あれが祭壇の丘か」

私の呟きに火明は頷いた。

「マルとナギはあそこに向かったんだな」

私はわざと二人の名を口にした。火明は無言で首を縦に振った。私と火明が見ていたものはやはり同一であったのだ。火明の能力を疑ったわけではないが、あまりにも生々しい光景だったので、つい確かめたくなる。

私はたばこを口にくわえて火をつけた。

時計を見たら一時間が過ぎていた。

それでも一日以上ものナギの行動を見守ったことになる。信じられない。

続きはどうします、と火明は質した。このままでは夜になってしまう。映画とは違うからナギの物語がどこまで続くのか分からない。だが明日までとても待てない。ナギとマルは神のもとへと走っている。そして……その神とは、私がずうっと想像してきたものとおなじ存在であろう。マルの言葉に私はいちいち頷きながら見守っていたのだ。

「いつの時代か分かりましたか？」

火明は試すように訊ねた。あるいは本当に火明も知らないのだろうか。火明はただ土地が秘めている記憶を引き出して私にそのまま伝えているに過ぎないのだから。

「海よりも広い湖とは十和田湖《とわだこ》のことだろう。その中心に燃える山が聳えていると言っていたが……となるとてつもない昔のことだ。十和田湖は火口に水が溜まってできた湖だけど、一度の爆発で誕生したものじゃない。何度かの爆発が重なって今の形となった。しかし、噴火口が湖の中心に突き出ていた時代となったら、最低でも一万二千年前辺りか。これまではそう言われてきたね」

「これまでは?」

火明は怪訝そうに私を見詰めた。

「大湯《おおゆ》のストーンサークルは新しい。縄文後期だからどんなに古くても四千五百年前までしか遡《さかのぼ》れない。それがあったからには十和田の最後の噴火の年代を見直さなければならなくなるな。もっとも、それについては多くの人たちも指摘していた」

私は火明に説明した。

農地の下に埋もれていた大湯のストーンサークルが発見されたのは昭和六年のことである。だが、本格的な発掘調査が開始されたのはそれからおよそ二十年後の昭和二十六年。文化の痕跡がほとんど見られない台地に出現した壮大なストーンサークルに考古学者たちは唖然となった。それは直径四十メートルにも及ぶ日本でも最大級のものであったのだ。しかも隣接して二つも作られている。この発見は学界ばかりか一般をも魅了した。それまでストーンサークルは縄文人の墓であろうと単純に想像されていたのだが、これだけの規模となるとその推定が危うくなった。普通のストーンサークルは直径が二、三メートルのものだ。中心に五、六十センチの立石が立てられ、その石を取り囲む形に、ちょうど日時計のように多くの石が配置されているのである。確かにそれ一つを眺めれば墓以外に考えられない。けれど大湯のものは違った。そうした小さなストーンサークルが連なって直径四十メートルという巨大な円環を形成していたのである。二つの遺跡に立っている立石の数は合計すると二百前後にも達した。もし立石が墓石であるなら、ここはそれだけの数の遺《い》骸《がい》が葬られていることになる。今なら別に不思議でもないが、縄文時代となれば話は違ってくる。ナギの言葉にもあったように、縄文時代の集落の規模は多くて七、八十人と見られていた。それを上回れば食糧の確保がむずかしくなる。現実に大湯のストーンサークルが発見された当時、全国でも百名以上の規模と思われる縄文遺跡はほとんど確認されていなかった。するとと奇妙なことになる。ここに葬られている遺骸はどこから運ばれたのか、という謎《なぞ》だ。百人前後の集落が二度の世代交代をしたと考えれば計算上では成り立つけれど、それには何年が必要だろう？　最低でも百年はかかるに違いない。数はそれで説明がつくとして、今度は形の問題が残る。ストーンサークルには明らかな設計が施されている。一つずつ墓を繋《つな》げているうちに偶然大きな円環になったとはとうてい思えない。最初から円を意識して作られているのだ。縄文人たちは死者の数が二百になるのを待って、それらを掘り起こして新たに埋葬し直したのだろうか？　荒唐無稽《こうとうむけい》な話だが、もし墓であるならそれ以外に解答はない。

墓とは違うのではないか？　という見解が多くの人々から上がった。中でも強い支持を得るに至ったのは天文観測施設である。円周に設置された立石は東西南北の方位を示したり、夏至《げし》や冬至《とうじ》、あるいは春分や秋分の日没線の目安に用いられていたのではないかと言うのだ。いくつかの立石と立石を直線で結べば無数の計測が可能となる。もし縄文人にそういう知識があったと仮定するなら、これはすこぶる説得力のある想像と言える。少なくとも墓と見るよりは現実的であろう。

それに続いて同調者の多いのは祭礼場説だ。巨大なストーンサークルに囲まれた中心の広場で神に祈りを捧げたり宴《うたげ》を催したのではないかと想像されている。神秘的なストーンサークルに最も相応《ふさわ》しい考えなのだが、これが意外に考古学者の支持を得られないのは単純な理由によっている。縄文時代に宗教があったかどうか確認が得られていないのだ。特定の場所に定住することが少ないと見做されていたのもその大きな理由だ。人々が数年で場所を移動するのに、こんなに立派な宗教施設を作るはずがないという先入観がその想像を拒んでいるのである。ではどうなのだ、と私は言いたくなるけれど、墓は別物らしい。チベットなどでは鳥葬を行なうために特定の山に苦労して遺骸を担ぎ上げる。たとえ居住地と離れていても、共同墓地に運んで埋葬することは有り得ると力説する。だが、祭りのためにわざわざ足を運ぶことは考えられない。そのときに暮らしている村の広場で間に合うからだ。そう説明されれば確かに頷ける部分もある。縄文人が強烈なる神への信仰を抱いていたことが証明されない限り、祭礼場説はどこまでも単なる仮説の域をでない。それに隣接して二つも拵える必要はないだろう。

その他、近年になると宇宙人とからませた説も登場した。台地に描かれた巨大な輪はナスカの地上絵のように上空からの目印に用いられていたのではないかとする考えだ。縄文時代にはもちろん人類は空を飛べないのだから、宇宙人の出現も当然の成り行きだ。ＵＦＯの実在を追求しているオカルト雑誌はこの説を何度となく採り上げ、ストーンサークル近くに聳える黒又山との関連を示唆《しさ》した。黒又山は太古に作られた人工の山、すなわちピラミッドなのではないかと昭和の初期から騒がれていたのである。エジプトのピラミッドには奇怪な伝説が残されている。東方の空から飛んできた人々が最初のピラミッドを建設したと言うのだ。ひょっとすれば彼ら宇宙人はエジプトに建設する前に日本を支配していたのかもしれない。そう考えれば黒又山の人工造山説も有り得るし、その麓近くにあるストーンサークルも彼らのための目印である可能性が強まってくる。大人はともかく、若い世代にはこの説が浸透している。それが発展して、つい数年前には黒又山の学術調査まで行なわれた。例の長野の皆神山《みなかみやま》の調査とおなじ流れである。簡単な地底探査では明らかなる階段層が認められたと聞く。山を削って形成した痕跡があると言うのだ。しかも頂上の真下には石室らしき空間の存在まで確認されている。発掘調査は行なっていないのでそれが本当の石室なのか断定はできないが、土質の相違から導かれる結論らしい。事実なら大変なことである。日本に太古のピラミッドがあったと実証されれば世界史がひっくり返る。そして、その実証の可能性だとて、青森の三内丸山《さんないまるやま》遺跡が発見された現在、決して有り得ない話ではない。日本は世界の先進国家だったことが三内丸山遺跡の存在によって多くから認められつつあるのだ。しかし、この説にも重大なネックがある。宇宙人の存在だ。もし黒又山がピラミッドと認定されても、すなわちストーンサークルが宇宙人の目印とは即断されない。黒又山の石室から宇宙人の遺骸でも発見されない限り、ストーンサークルの解明には繋がらないだろう。

このように有力な説がいくつも提唱されたにもかかわらず、結局は墓地説を覆《くつがえ》すことができないまま現在に至っている。

私も東北に生まれ育った人間だ。ましてや若い時分に数年をストーンサークルのある鹿角《かづの》市で過ごした。ストーンサークルがなんであるのか人一倍関心を持っている。だからこそ火明の霊視を試みるに当たって真っ先にこの場所を選んだのである。

私は私なりの仮説を抱いている。

それが的中しているかどうか、その興味が疼いたのだ。

縄文時代に宗教はないと言われているが、もしあるとしたらどういうものだったのだろうか。そこから私の仮説ははじまった。素朴に考えるなら太陽崇拝に落ち着きそうだが、これは意外に新しい信仰である。最古の都市文明と目されているシュメールに太陽信仰は見受けられない。誕生したのはエジプトの中期以降と見て間違いないはずだ。それでは古代人がなにを信仰の対象としていたかとなると、圧倒的に火と水である。中国で最古の宗教と言われる道教もここから出発した。火と水は対立するものだ。そのようにあらゆるものは二つの対立するもので形成されている。男と女、石と土、空と大地、山と平原、水に住むものと陸に暮らすもの、夜と昼、突き詰めればすべてはどちらかの属に含まれる。その象徴が火と水なのだ。いわゆる二元論である。自然をことごとく信仰の対象とした、と我々は原始宗教を誤って解釈している。確かに石を敬い、巨木に驚きの目を向け、火を恐れ、竜巻に祈りを捧げたであろうが、それは二元論に則《のっと》ってのことなのだ。小石を敬いはしない。凡庸な山に感激はしない。小川に貢ぎ物は捧げない。石の中の石、山の中の山にこそ彼らは神の存在を見たのだ。そして一方、彼らは対立するものの中間にあるものを神の賜物《たまもの》と意識した。自然ではない存在だからである。たとえば湯である。湯は水を火で温めることによって生まれる。たとえば子供である。子供は男と女が結合することによって誕生する。たとえば龍《りゅう》である。龍は水に暮らし空を飛翔《ひしょう》する。たとえば土器である。土器は水でこねた土を火で焼いて拵える。たとえば鯨《くじら》である。鯨の体は黒と白の相反する色に分けられている。たとえば黄昏《たそがれ》である。黄昏は昼と夜の混じり合う時間、すなわち神の所有している時間だ。このように二つの異なったものが結ばれて生まれたものはすべからく人に喜びや幸福を与えてくれる。そこから結びに対する信仰が形成されていった。相撲《すもう》を神事と言うのはこれに関係している。東西の力士が戦い合って、最後に結びの一番が執り行なわれる。戦いの果てには両陣営は一つになる。その瞬間に神が舞い降りてくるのだ。両者の戦いが激しければ激しいほどに神の祝福が強まる。また、握り飯をおむすびと呼ぶのも同様である。

米に異質のもの、梅干しとか味噌《みそ》漬けを加えることによって素晴らしく美味なるものに変化する。結びの思想こそ古代より連綿と伝えられている信仰なのだ。特に日本人はそうであろう。左か右かと迫られたとき、我々日本人は真ん中の道を選びやすい。中道路線である。これも結びの思想が心にあるせいだ。左と右を検討して、双方の良い部分を合体させてしまう。

証拠がない以上、縄文人の宗教を特定するのはむずかしいが、あったとしたならまさに結びへの信仰であろうと私は推理した。

その観点でストーンサークルを眺めると面白いことに気付かされる。二つのストーンサークルが隣接しているのは対立を表わしているように思われた。円形に地面に敷き詰められた石は女陰を意味して、その中心から雄々しく空に突き出た立石は男根を象徴しているのではないか？　実際に関東には立石が男根の形に加工されているものまで発見されている。しかもこの石には不思議なことがあるのだ。立石は川に沈んでいたものを必ず用い、それを囲む石は山に転がっていたものなのである。ここにも対立構造が見られる。その上、空を示す石と大地に広がる石。

これはとても偶然とは思えない。彼らは意図的に対立を持ち込んでいるのだ。そしてそれらが見事に結び付いている。結ばれた世界、いわゆる結界がここに作られている。結界とは神の支配する世界だ。ここには悪霊がいっさい入り込めない。そこまで考えたとき私の推理は一挙に結論に達した。ストーンサークルの作られている場所が全国に共通していることを思い出したのである。山の麓であるとか、海に面した断崖だとか、高原の端であるとか、たいていが境界線に作られている。それが私にはなによりの疑問だった。なぜわざわざ集落から離れた場所に作らなければならないのだろう。墓が不浄なものだという認識であるなら、ほぼ同時代の三内丸山遺跡に見られる墓はそれに合致しない。子供の骨が家の周囲に無数に埋められているのだ。大人の墓だとて集落からさほど離れていない。

これは道祖神とおなじものではないか、と私は確信を抱いた。

村々の境界に設置されて悪霊や病魔の侵入を防ぐ役割を果たす神である。道祖神はこのストーンサークルが簡素化されたものだったのではなかろうか。道祖神は男と女の神が抱き合っているものなのだ。対立と結びを象徴している。ストーンサークルが作り上げた結界には常に神が宿っている。神は昼夜わかたず外敵から村を守ってくれるのだ。そうすれば村の民は安心して暮らすことができる。規模が大きければ大きいほどに効果は絶大に違いない。この仮説を導入するならさまざまな謎にも解答がでるし、宇宙人という存在を無視しても成立するのである。神社の原形がストーンサークルだとも言えよう。

私はこの仮説に基づいていくつかの小説を発表した。それは火明も読んでくれている。ただ……どうしても解けない謎が一つだけ残っていた。ストーンサークルが拵えられた時代である。周辺から出土した土器や土偶の調査によって縄文後期は確実と見られているのだけれど、そうだとしたなら決して有り得ない事実が前に立ち塞がっている。発掘の段階でストーンサークルは夥《おびただ》しい火山灰に覆われていたのだ。紛れもなく十和田の噴火による火山灰と断定されたが、それは一万二千年も前のことである。縄文後期以降、この周辺に文化の痕跡があまり見られないことから、火山の噴火によって大湯一帯が人の住めない場所になったと説く研究者もある。しかし、それでは年代が合わない。もしかしたら火山の噴火はもっと新しく、四千五百年前辺りだったのではないかという説がそれで唱えられはじめた。ストーンサークルが火山灰に覆われているからには、それしか考えられない。けれど地質学者は否定している。私はその方面に詳しくないのでなんとも言えない。地質学者の言う通りなら大湯のストーンサークルは一万二千年も前に拵えられたことになるのだが……そうなると縄文後期の土器や土偶が出土する理由に説明がつかなくなる。

「一万二千年前か四千五百年前か……ナギとマルが生きていた時代はどっちなんだ

ろう」

私は二人の姿を思い浮かべた。

「遮光器土偶や大湯式の土器があった」

私は一人頷いた。

「やはり縄文後期としか思えない。本当に十和田の爆発を見たわけじゃないからなんとも言えないが……最後の爆発の年代を四千五百年前と見るのが正解のようだな」

私の言葉に火明も頷いた。

「すると我々は大湯のストーンサークルが火山灰に覆われて消滅する日を見ることになる。そんな偶然に巡り合うなんて信じられないね」

私はさすがに疑いの目を火明に向けた。

「私たちはストーンサークルの記憶を辿っているんですよ」

火明は当然のように言って笑った。

「一番大事な記憶と言えば、作られたときと滅びたときしかないでしょう」

なるほど、と私も得心した。

「どうします？　そろそろ日が傾いていています」

「見せてくれ。二人は黒又山に向かった。神の籠り屋を見られるかも知れない」

私の気持ちは定まっていた。ここにきて後戻りできないのは私も一緒だった。火明は笑って頷くと私の額に指を押し付けた。

私はふたたびナギたちの時代に戻った。

6

ナギとマルは地揺れにしばしば足を取られながら神の籠る山を目指した。山頂にはまだ神の船が浮かんでいる。

「気を付けろ！」

マルは右、左と身を避けながら叫んだ。二人の逃亡を知って何人かの男たちが矢を射かけて来たのだ。頭上すれすれを矢が飛んで行く。だが、勢いはない。二人は村の中心からだいぶ離れていた。届かぬと知ってか、やがて矢の攻撃は治まった。

「神を恐れているのだ」

マルは笑ってナギに言った。神の籠る山に向けて矢を放っていることになる。ナギは振り向いた。男たちは諦めてその場に立尽している。男たちは空を指差していた。

「神だ。神が俺たちを見ている」

マルが歓喜の声を上げた。ナギは山頂に目をやった。一つの小さな影が山頂に立っていた。明らかに二人を見詰めている。

「急げ！　神が立ち去ってしまう」

マルが急《せ》かした。神の船は怪しい光を放ちながらゆっくり回転をしていた。今にも空高く飛び立ちそうに思える。

慌てたナギだったが、その体は思い切り空に弾《はじ》き飛ばされた。大地が激しく持ち上がったのである。ナギは頭から地面に叩き付けられた。マルが直《す》ぐ脇に転げ落ちて来た。目の前の草原が大きく陥没した。深い亀裂《きれつ》が二人の真横に生じて延びて行く。鼓膜が破れるほどの地鳴りが響いたのはその後だった。二人は這いずってその場を逃れた。巨木の枝がゆさゆさ揺れている。ナギは村に目を動かした。ほとんどの屋根が潰れていた。村人たちは悲鳴を発しながら村の広場に逃げている。そこに亀裂の先端が襲った。村の半分が隆起する。亀裂に何人もが落ち込む。土煙が一瞬にして村を包む。ナギはただそれを見守った。

「見ろ！」

マルがナギの肩を摑んで振り向かせた。北の方角の空が闇と化していた。雲ではない。黒煙である。見る見る上方に広がっている。

「燃える山がついに火を噴いたのだ」

と同時に岩石が空から降り注いだ。夥しい数である。中には炎を曳《ひ》きながら降って来るものもあった。岩弾は柔らかな草原にめり込んだ。どどど、と大地を打つ音が響き渡る。ナギの足はすくんだ。逃げ場がない。

草原に火が回った。

がーん、がーん、と甲高い音が聞こえた。

神の船を岩弾が襲っているのだ。

山頂に通じる石段が崩れ落ちている。

「死ぬ覚悟で走れ！」

マルは声を張り上げて猛然と駆け出した。ナギも続いた。こうなればなにをしたとておなじである。腹の底から声を発する。恐怖がそれで鎮まっていく。ひたすらナギはマルの背中を目当てに走った。

二人はなんとか山の麓に辿り着いた。見上げると神の船は驚くほど間近にあった。マルは石段を避けて斜面を攀登った。崩れ落ちる石段に巻き込まれれば命取りになる。ナギも取り付いた。山の斜面を階段状に削って土を剝き出しにしているせいで脆《もろ》くなっている。表面が剝がれて雪崩《なだれ》のように落ちて来る。何度か二人は下に押し戻された。が、幸いに岩弾の脅威は少ない。頂きに浮かんでいる神の船が傘となって防ぐ形となっていた。

〈ひょっとして……待っているのか?〉

ナギは自分たちを見下ろしている視線をはっきりと感じた。激しい岩弾のために船が身動きできないでいる、と思っていたが違うらしい。ぶつかる音こそ耳に響いているが船は何事もないように空に浮かんでいる。それはマルも察したらしかった。勇気づけられた二人は最後の力を振り絞った。流れ落ちる土砂《どしゃ》に立ち向かいつつ一歩二歩と足を運んだ。

中腹でナギは村を眺めた。

様相は一変していた。

大地を縦横に深い亀裂が走っている。家は押し潰され、木々が倒れ、森が炎を噴いている。自分たちの立っている山に被害が少ないのは燃える樹木がないからに過ぎない。

「くそっ!」

マルは拳《こぶし》で斜面を叩きつけた。二人を追って神の山に逃れようとした者たちの死《し》骸《がい》をいくつも見付けたからだった。ことごとく岩弾に直撃されている。なんとか無事な者も居たが、山の麓には亀裂ができて道を塞いでいる。

「村を捨てろと言ったではないか！」

マルは村に向かって涙声で叫んだ。

だが、もう遅い。

村を取り囲んでいる森の火の手がさらに激しさを増している。断崖の先も火の海だった。いずれ煙が村全部を覆うことになる。辛うじて家の倒壊から逃れた村人たちは神の救いを当てにしてか石環を目指していた。あの石組の環の中に入れば神が守ってくれると信じているのだ。マルはそれを眺めて泣いた。神はここに居るのに、なにもできない。石環を頼りにしても無駄だと分かっている。あれは神を信じる者がこの村に居ると示す目印に過ぎないのだ、とマルは悟った。石環に外敵を追い払う力が秘められているのではない。

「マル！」

ナギは頭上を示した。神の船が山頂からゆっくりと離れていた。頂きに立っていた影も見えなくなっている。二人は間に合わなかったのだ。慌てて二人は石段に向かった。崩れ落ちる危険さえ忘れた。二人は船を見上げて呼び止めた。この近さで眺める船は巨大だった。視野のすべてを船の底が埋めている。船は光を点滅させながら二人の真上に停止した。

「ん？」

ナギは身を強張《こわば》らせた。船の底の中心にぽっかりと暗い穴が開いたのである。逃げる余裕はなかった。二人は穴から放射された眩しい光に包まれた。と同時に二人の体が上に持ち上げられた。体の重みがなくなる。ナギは思わずマルの腕を摑んだ。マルもしっかりと握ってきた。眩しい光を透かして下界が見える。二人は宙に浮かんでいた。怯えを感じたのは束《つか》の間《ま》だった。突然、下界が消えた。二人はどんと床に転がった。船の中に引き上げられたのだと気が付くまで少しかかった。

〈ここは……〉

二人は恐る恐る立ち上がった。狭い空間である。円筒状の部屋だった。どこにも扉らしきものは見当たらない。しかし、真昼のような明るさが二人を徐々に落ち着かせた。明るさは天井から降り注いでいる。

しゅん、と風を切る音がして壁が割れた。奥に別の部屋がある。そちらに進めということなのだろう。覚悟を決めて二人は進んだ。

ナギは息を吞《の》み込んだ。白い壁も床も全部がつるつると磨かれていた。しかも石や木ではない。石よりも柔らかく木よりは固い。

「これがアラハバキか？」

ナギはマルに質した。

「違う。アラハバキは黒い輝きのものだ」

マルは部屋を見渡しながら言った。右手の壁際に腰掛けらしきものがいくつか並んでいるだけの狭い部屋である。天井も低い。マルは腰掛けに座った。ナギもマルに従った。

それを待っていたかのごとく壁が左右に開いた。二人は思わず声を発した。壁には丸い窓ができていた。そこから下界が見える。

マルは窓に顔を近付けた。船の真下に村人たちの姿を認めたからだった。いつの間にか船は籠りの山から移動して石環の真上に浮かんでいた。船を見上げる村人たちの顔に歓喜が見られた。救い出されるのを待っている。

が、船はただ彼らの頭上に居るだけだった。

岩弾が彼らに降り注ぐのを防いでいるのだ。

村人たちは腕を空に伸ばして懇願した。その中には村長の顔も混じっていた。

「数が多過ぎるのか……」

マルは溜め息を吐いた。

石環の中に二百以上の者たちが固まっている。これでは無理だ。せめて岩弾から守ってやるしか方法がないのだろう。船の屋根に無数の岩弾の当たる音がしている。

「親や兄弟は居るのか?」

ナギはマルの横顔を眺めて訊ねた。

「居ない。母親は俺が幼い頃に死んだ」

マルは下界から目を逸らして応じた。

「なぜ神は我々だけを助けてくれた?」

「知らぬ」

マルは憮然《ぶぜん》として言うと、

「こんなものを見せられるくらいなら船から下ろして貰う方が楽だ」

悔しそうに唇を噛《か》み締めた。

不意に屋根を打つ岩弾の音が緩慢になった。どうやら爆発の勢いが弱まったと見える。しかしそれは岩弾だけのことで危機を脱したわけではない。北の空には黒煙が渦巻いている。あの灰がやがて一帯に落ちて来る。呼吸すらできなくなるはずだ。その上、地揺れはまだまだ続いているようだった。村人たちが右に左にばたばたと倒れている。

船は村人たちをそのままに上昇しはじめた。

絶望の声が下界から響き渡った。

マルは耳を塞いで耐えていた。

ナギはしっかりと下界の惨状を頭に刻んだ。だれかが見ておかなければ伝えられない。

石環の形がはっきりと見定められる。

ナギは船の大きさがその石環にぴたりと重なっていたことを思い出した。どちらも円の形をしている。

「あの環は神の船を象ったものなのか？」

それにマルは頷いて、

「草原に神の船が下りると、その形に草が薙《な》ぎ倒される。それを忘れぬように草を刈り取っておなじ大きさの石環を拵えたと聞いている。だから、あれは、あの大きさの船が村を訪れたという誇りでもあるのだ。神の船の大きさはそれぞれが違う。大きな船が来れば、それだけ神の祝福が大きな証拠だ」

マルの言葉にナギは納得した。自分の村にも古くからの石環が残されている。けれどひどく小さなものだ。つまり小さな船しか来なかったということなのだろう。それでは神の祝福も小さくなる。

「神の船が下りた場所は特別な地だ。その土を掘り出して森に撒《ま》けば果実がたわわに実る。土を混ぜて土器を作れば薄くて固いものが出来上がる。神の力の賜物だ」

マルは下界に目を戻しつつ言った。船はもはや村人たちの顔の識別がつかぬほどの高みに達していた。村全体が視野に収まっている。爆発した山の様子を見ようとマルが北の空に目を転じた途端、窓が一瞬にして閉じられた。ほんのわずかだが体が後ろに引かれる感じを受けた。船が速度を上げたのである。けれど二人には飛んでいる実感さえなかった。

7

ふたたび窓が開けられたのは二人がようやく胸の動悸《どうき》を鎮めた辺りであった。いずれ大した時間の経過ではない。窓に額を押し付けて外を見やった二人は絶句した。景色が一変していたのだ。

「湖だ……」

マルは信じられない顔をして唸った。マルの村からこの湖までどんなに急いでも二日はかかる。きつい岩場や谷の連続なのだ。

「なぜこんな場所に？」

ナギは怯えた。湖の中心にある山は轟々《ごうごう》と空に向けて炎を噴き出している。朝のはずなのに夜としか思えない空の暗さだ。炎の柱に湖面が照らされている。その湖面も荒れていた。空から降り注ぐ岩弾と水の中から噴き出る蒸気で煮えたぎっているように見える。蒸気は溶岩が湖に流れ落ちて生じたものだ。

「この世の終りだ」

マルは力を失った。湖を囲む深い森が見渡す限り炎に包まれている。あの炎はどこまでも延びて地上を燃やし尽くすに違いない。

また空を焦がす炎の柱が噴き上がった。

湖面に大波が立った。

真っ赤な溶岩が大量に噴出する。

無数の岩弾が落ちて来る。

避けるように船は湖面を目指した。船はそのまま水の中へと潜った。二人は恐ろしさに身を縮めた。水中は明るく輝いていた。空を焦がす炎の色が水の中にまで届いているのだ。

二人は夢中で眺めた。

かつん、かつんという音が途切れなく聞こえる。岩弾が船に当たる音だ。しかし明らかに弱まっている。水のせいで勢いがない。

船はどんどん深みを目指した。

マルが最初にそれを見付けた。ナギは示された方角に目を凝らした。なにやら明るい光が湖の底に認められる。

「屋根だ！　湖底に神の家があるんだ」

マルの叫びにナギも頷いた。

次第に接近する。家は白い貝殻《かいがら》を伏せたような形をしていた。とてつもなく大きい。

「どうなる？」

ナギの声はさすがに震えていた。

「俺たちは生贄かも知れん」

マルもナギとおなじ想像をしていた。二人は思わず溜め息を吐いた。

船の接近を察知したように屋根が左右に開いた。もはや逃げようにも逃げられない。

「そうなったとておなじだ」

マルは苦笑いした。

「どうせあのままでは仲間たちに殺されていた。神に選ばれただけ幸福と思わねば」

ナギの心もそれで鎮まった。


二人はしばらく待たされた。屋根の中に入ったと思った途端に窓が塞がれたのである。それきりなんの変化もない。

「まただ！」

二人は壁に叩きつけられた。震動が激しい。噴火の間近に居るのだから当然だろう。なぜ早く空へ逃げないのか、それが不思議だった。

いきなり二人の背後の壁が開いた。

二人はぎょっとして振り向いた。

ナギは悲鳴を堪えた。

神がそこに立っていたのである。

きらきらと銀色に輝いている大きな頭の真ん中には顔の半分ほどもある目玉が光

っていた。マルの村で見た土偶に似ている。小柄な体もやはり銀色の光を発している。二人はじりじりと後退した。二本の足で立ってはいるものの、どう見ても人間ではない。体のあちこちから太い縄や角が突き出ている。背中には箱がくっついていた。

〈ついて来なさい〉

ナギの頭の中に声が響いた。ナギはマルに目を動かした。マルも怪訝な顔をしていた。

「なにか言ったか？」

マルは質した。ナギは首を横に振った。

〈私です。言葉が通じないので頭の中に直接話しかけている〉

神が軽く二人に手を上げた。二人は青ざめた。どう対応していいのか分からない。

〈普通に話しなさい。聞くことはできる。こちらが声にできないだけです〉

「なんで俺たちが連れて来られた？」

マルは思い切って神と向き合った。

〈望んだのはあなたの方ですよ〉

神は笑った。と言っても声にはならないので二人がそう感じただけだ。温かい心が伝わって来る。二人は安堵を覚えた。

そこを激震が襲った。

神はよろけてナギにぶつかって来た。ナギはしっかりと神の体を支えた。ざわざわとした。神の体はぶよぶよだった。

〈気圧を整えるために液体が入っているのです。この服を着ていなければ地上を自由に動くことができない〉

神はナギの動揺を見抜いて言った。

「服？」

ナギとマルはまじまじと眺めた。怯えが消え去ると余裕が戻って来た。いかにもそれは衣に過ぎなかった。全部が覆われているために肌と勘違いしていたのである。

「気圧とはなんだ？」

マルは首を傾げた。

〈深い水に潜れば体が苦しくなるでしょう。水の中と地上では気圧が違います。私たちには水の中や地底の方が過ごしやすい。生まれた星の気圧に似ているのです。地上に出ると気圧が低過ぎてそのままではいくらも活動できない。そのためにこの服が必要となる〉

なんとなく二人にも理解できた。

〈ついて来なさい。時間がありありません〉

神は二人を促した。


二人は神とともに円筒状の部屋に進んだ。神はなにやら呟いた。きゅるきゅるという音にしか聞こえない。神が言い終えると同時にナギたちの体が浮いた。床から足が離れている。部屋中に光が充満した。床が開いた。ナギたちの体は下に運ばれた。体に重みが戻った。ナギたちは船から出て地面に立っていた。

ナギは圧倒されていた。

ここはあの屋根の下なのだろう。としたら屋根の上に湖があることになる。それに、この広さはどうだ。神の船が他に五つも並べられているのである。神に続こうとしたナギの足が滑った。地面が水で濡《ぬ》れている。

〈水を排出したばかりです〉

神はナギを振り返って言った。なるほど、そうに違いない。屋根は水の中で開いたのだ。当然、水が中に浸入する。

「なにやら体が重いな」

マルは腕を持ち上げて何度か振った。

〈二人にはそうでしょう。しばらくすれば馴れるはずです。人間の骨格なら耐えられる〉

そう言って神は頭に手をかけた。頭の両脇を捻《ひね》ると首がぐっと浮いた。首の回りから粘っこそうな水が溢れた。神は頭を両手で持ち上げた。頭が外れた。二人は無言で見詰めていた。頭が仮面であるのは承知している。

神は頭を取り外した。中には本当の顔があった。毛のない赤子のような顔だった。大きな黒い目玉が二人を眺めている。白い肌が黒目の大きさをさらに強調していた。鳥の雛《ひな》に似た顔立ちだが不気味さは感じられない。むしろ優しさを覚えた。仮面よりもずっといい。

〈そうですか。安心した〉

神はナギに向かって軽く会釈《えしゃく》した。続いて神は肩と膝の辺りを捻《ねじ》った。肩口が大きく開いて、また水が溢れ出た。膝からも沁《し》み出ている。神は体を捻りながら服を脱ぎ捨てた。

幼い子供がそこに立っていた。人間で言うなら六、七歳の体付きであろうか。体に較べて頭が大きいのも子供を連想させる。ただ、腕だけは長い。床にもう少しで指の先が届きそうだ。と言うより足が短いのかも知れない。

神は二人に動揺のないのを見抜いて小さな唇で微笑むと長い腕を差し出した。戸惑いつつナギは手を握った。力を込めれば潰れそうなほど頼りなく細い指だった。指の間には薄い水掻《みずか》きが見られた。次にマルが自分から腕を差し出した。神は嬉《うれ》しそうに頷いてマルの手に触れた。

〈私たちを怖がらない人間は珍しい〉

神は重い服から解放された顔で笑った。

「この世はどうなる？」

マルは揺れを気にしながら訊ねた。

〈残念ですが私たちにも防ぐことができない。爆発はもっと酷《ひど》くなります〉

神は躊躇を見せて、

〈他の村もすべて滅びるでしょう。私たちが考えていた以上に爆発の規模が大きい。私たちもここには居られなくなりました〉

正直に応じた。

〈火山灰がすべてを埋め尽くします。森も草原も死に絶える。この一帯に動物たちが暮らせるようになるには長い時間がかかります〉

「ここからどこへ逃げ出す？」

〈これから皆で決めるのです〉

神はマルに言うと奥に向かって歩きはじめた。震動は相変わらず止まない。

二重の扉を通過した先は急な下り坂となっていた。どこまでも続いている。神は二人を目の前の箱に乗るように促した。腰掛けが六つ並んでいる。二人は神の後ろに座った。

「あれだ」

マルは神の前に点滅している小さな輝きを顎で示した。

「あれが籠り屋で見た冷たい火だ」

ナギは身を乗り出して眺めた。確かに水晶の中で火が燃えている。赤や青の他に緑の火も見られた。神はその一つを指で押した。

思わずナギは悲鳴を上げた。

箱が物凄《ものすご》い勢いで坂を下りはじめたのだ。

二人は必死で箱の手摺《てすり》を握った。どこまでも落ちて行く。吐き気がナギを襲った。

〈心配は要らない。もうすぐ下に着きます〉

神はのんびりとしていた。

やがて箱は停止した。

二人は振り向いた。遥か頭上に明りが見えた。あそこから箱に乗ったのである。

信じられない速さだ。ナギの心臓は高鳴っていた。

神は箱から下りた。

目の前に別の扉がある。

神は扉の脇に点滅している明りに掌をかざした。扉はゆっくりと開いた。

眩しい光の洪水に二人は顔を覆った。

〈私たちの町にようこそ〉

神はおどけて二人にぴょこんと頭を下げた。

二人は扉の奥に進んだ。

二人の足はそこですくんだ。想像を絶する世界が二人の前に展《ひろ》がっていた。広大な洞窟の中に白く輝く建物がいくつも立ち並んでいるのだ。天井近くには太陽にも負けない光を発する球が吊《つ》り下げられている。それが洞窟を真昼のごとく照らしているのである。春のように心地好い風が洞窟を舞っていた。

「ここが本当に湖の底か？」

マルはへたへたと腰を落とした。

だが、ここにも爆発の被害が及んでいた。

大きな揺れがあるたびに天井の岩が崩れ落ちて来た。子細に眺めると岩に壊された建物もいくつか見受けられた。藁屋根と違ってさすがに押し潰されてはいないが相当な痛手に思える。洞窟の天井には深い亀裂も見られた。

「ここには何人の神たちが？」

マルは神に訊ねた。

〈十四人に減りました〉

神は寂し気に言った。

「たったそれだけの数でここに？」

マルばかりかナギも驚いた。建物の数は少なく見ても百以上はある。

〈ほとんどが私たちの手助けをしてくれる人間たちの家です〉

神は頷いて二人に教えた。

「人間もここに暮らしているのか！」

マルの顔が輝いた。

〈私たちだけではなにもできない。ここに移り住むことになったとき、多くの人間

たちも喜んでついて来てくれました〉

「どこから？」

〈二人の知らない遠い国からです〉

神はそれ以上説明しなかった。

「いつここに移って来た？」

マルは質問を重ねた。知りたいことがあまりにも多過ぎる。

〈三百年も前のことです。そのときは十七人でした。三人も失っている〉

「すると他の十四人は三百年も生きているとでも？」

マルは不審の色を浮かべた。

〈私たちは人間と違います。私はもう七百年も生きている〉

神は当たり前のように口にした。

二人はあんぐりと口を開けた。

8

ナギとマルは神に導かれるまま進んだ。戻った神を認めて建物の中から多くの子供たちが歓声を上げながら飛び出てきた。微笑んでそれを見守る二人だったが、子供たちの使っている言葉は一言も理解できない。髪と目の色も自分たちとは異なっている。神は子供たちに手を引かれて正面の大きな建物に向かった。騒ぎを聞き付けて建物の中から大人たちが姿を現わした。ナギとマルは顔を見合わせた。人込みの中心に五、六人の神が立っている。いずれも咄嗟《とっさ》には見分けのつかないほど似た顔立ちと体型だった。それでもなぜか温かみだけは伝わってくる。怖さとか不思議さはとっくに消えている。二人も笑いを浮かべて挨拶を返した。

「我々のくることを知っていたらしいぞ」

マルはナギに耳打ちした。

「神が教えたんだ」

ナギは応じたが、どういう方法でとなると見当もつかない。神だから、としか言えない。

それにしてもこの建物はどうだ、とナギは圧倒されていた。藁と木を組み合わせて作る家しか知らないナギにとって日干し煉瓦《れんが》を積み上げた二階建ての整然とした外観は驚異以外のなにものでもなかった。それに道にまで煉瓦が敷き詰められているのである。

〈ここは私たちに手助けをしてくれている人間たちの集会場です。彼らの故郷には樹木が少なく、陽射《ひざ》しが強いのでこういう建物に暮らしていたのです〉

珍しいものではない、と神が教えた。

〈この国は樹木で簡単に家を建てられる。彼らも地上に住むのであれば木と藁で拵えたに違いない。地底には木がないので仕方なく煉瓦を用いただけのことに過ぎない〉

「木はあちこちに生えている」

マルは四方を眺めた。背丈こそ低いが青々とした緑がたくさん見られる。

〈家を作れるほどの数ではない。あれは植樹しているものです〉

神は二人を建物の中に促した。

「手助けと言いましたが、どんなことを？」

ナギは石段を上がりながら首を傾げた。

〈あらゆることです。私たちの仲間は少ない。それではなにもできません。知恵は私たちが授けますが、仕事のほとんどは彼らが行なってくれています。あなたたちがアラハバキと呼んでいる鉄を掘り出し、溶かして加工する作業をはじめとしてすべてのことを〉

「ここには何人の人間が？」

　マルが質した。

〈七百人と少しです。それで困っている〉

　神はマルを見上げた。

〈三百年前にここへ移住してきたときはその三分の一もいませんでした。それに、一応は平和的な撤退だったので時間に余裕がありました。だが今度は違う。船には二十人も乗れません。現在使用できる船は四機しかない。全員がここを脱出するには十回近くも往復しなくてはならないのです。大切な道具も運ぶとなると、とてもむずかしい〉

「神でも困ることがあるのか……」

　マルは信じられないという顔をした。

〈あなたたちが村を捨てることを迷ったように、私たちも対応が遅れた。どの方向にどれだけの被害が発生するか予測が困難だったことが原因しています。一時的な撤退で済むのか、新たな土地を探す必要があるのか……この爆発はもっと大きくなるでしょう。もしかすると湖さえ消滅するかも知れません〉

「湖がなくなる！」

マルは青ざめた。

〈詳しい分析が纏《まと》まっているはずです。その報告によって私たちも道を選ばなければならなくなります〉

神は溜め息らしきものを洩らした。

扉を押して中に入った二人は広間の中央に浮かんでいるものを見て尻込《しりご》みした。そこには湖と周辺の山々がぽっかりと浮かんでいたのである。それを取り囲むように神たちが居並んでいた。湖の中心にある山からは激しい炎と黒煙が噴き上がっていた。

〈安心しなさい。あれは映像です。湖の上に飛ばせた二機の小型船から送られた信号を立体的に再現しているのです〉

神は説明した。が二人にはまるで意味が摑めない。本物でないことだけが理解できたに過ぎなかった。

〈この映像を細かく分析すると溶岩の流れや火山灰の規模などが計算できる。どの地域が安全かも見極めることができます〉

神は二人に言うと仲間の側に近付いてなにやら話しかけた。二人を連れて来た理由を伝えているらしかった。二人は落ち着かない目で眼前に浮かんでいる映像を見詰めた。まるで本物としか思えない。湖は渦巻いていた。森が燃えている。手をかざせば火傷《やけど》しそうなほどだ。マルは怖々と腕を伸ばした。

〈危ない！〉

神が気付いてマルに叫んだ。

〈本物ではないが熱はあります〉

マルはぎょっとして掌を引っ込めた。

〈エネルギーを計測するために実際の五分の一の熱を映像の中に再現しています。映像でも噴火口の周辺は恐らく二百度近くに達している。うっかりと触れれば大変ですよ〉

神は二人を椅子《いす》に腰掛けさせた。

「俺の村はどうなった？」

マルは必死で映像を探し回した。

〈ここには映しだされていません。噴火の状況を調べるため低い位置から映していますす〉

神がマルの心を鎮めた。

「皆、死んでしまったのか？」

マルが言うと神は仲間に質したあとに、

〈火山弾の勢いが減少して村を直撃することはなくなりました。ただ、周辺の森が激しく燃え盛っています。煙に巻かれる前に逃れれば助かる者もいるでしょう。ですが明日には火山灰が村を覆ってしまいます〉

「どこに逃げれば助かる？」

マルは詰め寄った。

神は頷くとまた仲間に相談した。神の一人が小さな箱のようなものに向かって声を発した。しばらくすると目の前の湖が少しずつ縮まっていった。二人は驚いて凝視した。

〈船を上昇させている。やがてあなたたちの村も見えるようになる〉

神は映像を示して言った。その通りだった。湖が小さくなる代わりに周辺の景色がどんどん広がって行く。映像全体が暗くなりはじめた。噴火の黒煙が上空を覆っているのだ。

「あれだ！」

マルは腰を浮かせて声を発した。豆粒のような石柱が立っている。村の端に作られている石環の石柱であった。その周りに大勢の人間たちが集まっているのも見えた。まるで蟻《あり》のように小さい。村を囲んでいる山々から盛んに炎が立ち上がっている。家のことごとくが壊滅していた。

〈断崖を下りて川沿いに南下するしかありませんね。そして……こちらに〉

煙の進む方角を見定めて神は西を指差した。

渓谷が開けて平野に通じている。ここに達すれば山火事から逃れることができる。

〈火山灰は東に広がっていくでしょう。たとえ明日になって風向きが変わったとしても煙とは違います。なんとか凌《しの》げるとは思いますが……〉

「村の連中はどこに逃れればいいか知らない」

マルの言葉に神は哀《かな》しそうに頷いた。

「引き返して教えてやってくれ」

マルは頼み込んだ。

〈何度となく村を立ち去るように警告しました。私たちの務めは終わった。おなじ目に遭っているのはここだけではありません〉

神は映像のあちこちを指し示した。燃え上がっている村がいくつも見られた。小さな人間たちが逃げ惑っている。

〈私たちにも時間が残されていない。ここに暮らしている七百の人間たちでさえ助けてやることができるかどうか……辛いでしょうが私の一存では船を飛ばすことができない〉

神はマルに小さく首を横に振った。

「俺は帰る。行かせてくれ」

マルは聞かなかった。

〈どうやって帰るのです？　湖の周りはすべて火に囲まれているのですよ。もし抜け出ることができたとしても、あなたの村までは一日以上もかかる。明日では間に合いません〉

神は溜め息を吐きながらマルを制した。

〈それに、あの村の人間たちはあなたたちを殺そうとしていた。違いますか？〉

「それとこれとは別だ。助かるかも知れない道を知りながら見逃すわけにはいかん。間に合うかどうかは運にかかっている。地上に戻してくれるだけでいい。ここまでだ」

マルは湖の縁を指差した。

「ここからどうする？」

ナギは首を傾げた。

「この辺りに俺たちの村の脇を流れる川の源流がある。川を辿れば火事の熱から逃れられるし道に迷う恐れもない」

なるほど、とナギも納得した。

〈ここを見なさい〉

神は厳しい目をしてその川を指で辿った。

〈川幅が大きく膨らんでいます。火山弾によるものか、あるいは山でも崩れて川が塞《せ》き止められたものでしょう。火勢も激しい。あなたたちの身を案じているのではない。無駄だと分かっていることに船は出せない。ここにいるだれもが頷きません〉

「それでも神か！」

マルは声を荒げた。

「俺の村の連中と一緒だ。ああでもない、こうでもないと理屈ばかりを並べる。考えている暇があるなら船を飛ばして十人でも二十人でも救ってやればよかろう。外の子供らを見ろ！　おまえたちが助けてくれると信じて笑っている。この地の底へ連れてきたのはおまえたちのはずだ。だったら自分たちのことよりも子供たちのことを考えてやれ」

〈…………〉

「子供が助かると言うなら親は喜んで自分を諦める。それが人間というものだ。いったい何年人間を見てきた？　こんなものを見てばかりでなんになる。外に出て正直に言うがいい。あとは人間の好きにさせろ。地の底に閉じ込められていてはなにもできん」

マルは喚《わめ》き散らした。神たちはマルの剣幕に押されて不安そうに互いを見やった。

「船を用いる他に地上へ出る方法はないのか」

〈あります。この揺れで崩れていなければの話ですが……緊急用のトンネルがここに〉

通じていると言って神は湖の縁を指した。

だが、その付近は炎に包まれている。

「もっと大きくして見せてくれ」

場所を確かめてマルは叫んだ。

「この辺りならよく知っている。岩の多い場所だ。燃えたとしても火勢が弱まっているに違いない」

神はマルの勢いに呑まれて頷いた。やがて映像が拡大された。また湖が膨らんだ。

マルは神の示した場所を覗き込んだ。小さな映像ではすっかり炎に包まれていたのに拡大するとまばらになった。燃えていない場所もいくつか認められる。

「もっと近付けてくれ」

マルの顔が輝いた。

映像がさらに大きくなる。神も頷いた。樹木が燃え尽きて岩肌が露出している。神が示した出口の周辺に炎は見えない。

〈ここに出ることができたとしても……〉

神はマルの顔を見詰めて、

〈その先の身動きが取れません〉

「こんなに燃える山と近いのに、どうしてここら辺りは燃えていない？」

マルは湖の西側に目をやった。少しは燃えているが緑の大半が残されている。

〈噴火口が東を向いているのと風向きの関係でしょう。それに高く噴き上げられた火山弾はもっと遠くに飛んでいます〉

「これからも安心なのか？」

〈最終的な爆発がいつになるのか……それにかかっています。このエネルギーの巨大さから見て大爆発は避けられませんが、今日か明日かとなるとだれにも分からな

い〉

「湖の縁に沿って走れば西側まで行ける」

マルは断言した。大爆発に一日の余裕があれば湖を取り囲んでいる山を越えることができるだろう。その先にはなだらかな高原が広がっている。そこを下れば平野だ。

「俺が先頭に立つ。一緒に行く者があるか聞いてくれ。山道には慣れている」

〈自分の村のことは？〉

「ここの人間を逃れさせてからだ」

マルは当たり前のように言った。ナギも大きく首を振った。

〈人間は私たちが考えていたよりも強い〉

神は微笑んでマルの手を握った。

神たちは相談した。多くはマルの考えに難色を示していたらしかったが、それでも人間たちにそれを伝えることになった。

神たちは建物の外に出た。広場で待っていた人間たちが駆け寄って来た。

〈子供と女たちは船で逃れさせることにしました。四百人は居ます。それでも全部

となると一日近くはかかる。問題は男たちがそれを受け入れてくれるかどうか〉

神はマルとナギに説明した。

〈同時にあなたたちの考えも伝えます。無事に子供と女たちを救い出すことができたら、あなたたちの行方を探して駆け付ける〉

どっと歓声が上がった。神は人間たちに目を動かして、

〈どうやら納得したようです。男たちにも異存がないらしい。あなたたちの言った通りでしたね。彼らがこれまで躊躇していたのは地上の地理に詳しくなかったためでしょう。あなたたちをここへ案内してよかった〉

「出口に通じる穴が塞がれている心配はきちんと教えたのか？」

〈彼ら自身がよく知っています。トンネルを掘り進めたのは彼らですから〉

「だったらぐずぐずしていられん。二日ばかりの食い物と水を用意して出発だ」

〈空気を清浄化するマスクがあります。鉄を掘り出すときに使っているものです。それを被れば煙と火山灰を防ぐことができる。全部に行きわたるかどうかは分かりませんが〉

「アラハバキで拵えた刀は？」

〈あります〉

「それもあるだけ持たせてくれ。藪を掻き分けて進むことになる」

マルの指示を神は受け入れた。

〈私だけはなにがあっても後で駆け付けます。もし皆が無事でいたら……次にあなたたちの村へ戻ってみましょう。何人かは助けられるかも知れません〉

神は二人に約束した。


男たちの用意が整うと神は二人を皆の前に立たせた。紹介が終わると一人の男が進み出て言葉を発した。

「俺たちの言葉が使えるのか！」

マルは喜んだ。

「神に従ってときどき地上に行く」

男はゾハルと名乗った。青い目をした背の高い若者だった。

「ありがたい。言葉が通じないんじゃ、どうやって道案内していいものか悩んでいた」

「出口までは俺が連れて行く。だが、ここにいる男たちのだれ一人として無事に済むとは思っていない。死ぬ覚悟はできている」

「女や子供たちを安心させるために自分たちの生命を捨てたのか」

「そうだ。我々が出発すれば女や子供たちも余計なことを考えずに済む」

ゾハルは笑顔で応じた。

「俺たちを信じて付いてこい。これだけの数があれば藪を進むのも楽だ。一日で山を越えてみせるさ。方角は頭に刻んでいる」

マルは自信を取り戻した。ゾハルが側にいれば細かな指図が可能となる。

マルはゾハルに出発を促した。女や子供たちが男たちに取り組った。笑いで男たちはそれを鎮めた。マルとナギは神に手を振って歩きはじめた。

9

「いったいどこまで続いているのだ」

急な勾配の上に狭い洞窟だった。人一倍体の大きいマルは何度となく舌打ちした。幸いに行く手を塞ぐほどの崩れはないものの落石のため這って進まねばならない場所はいくつもあった。

「深い湖の底から上がっている」

ナギにはまだまだ余裕が見られた。神から与えられた松明に似た明りは遥かに眩くて、しかも熱くない。これがあるなら一日を歩いても怖さを感じない。洞窟で恐れなければならないのは明りを失ったときだ。

「おまえもとんだことに巻き込まれたな」

マルは先を歩くナギに笑いながら、

「俺たちの村を訪ねて来なければのんびりとしていられたものを」

「この世はすべて試練だ。母からそう教えられた。ここを乗り切れば俺は村長としてやっていけるだろうし、死ねば村のためにもなる。こんな者が村長を務められるわけがない。別の者が村長になる方がずっといい」

「なるほど。確かに言える」

「前と違うのは神から与えられた試練だと思わなくなったことだ。自分が選んだ道だ。だから泣きごとを並べるつもりもない」

「おまえにはもう神が必要なくなったか」

それにナギは答えなかった。

「生き残ることができたら、おまえの村に行ってもいいか?」

マルが言うとナギは振り向いた。

「おまえがどんな村長になるか見届けたい」

「小さな貧しい村だぞ」

「二人で大きな村にしよう。おまえなら五百人でも率いていける」

生きる希望を与えているのだ、とナギは察した。ナギは笑って承諾した。


「どうした？」

列が止まってしばらくすると、ゾハルが二人のところへ後退してきた。

「出口近くが陥没していて進めない。下に深く穴が落ち込んでいる。穴から水の音が聞こえる。きっと地下を流れる水にまで通じてしまったのだ。落ちれば助からない。と言って飛び越えることのできない穴だ。橋を架《か》けるしかないが、それには戻って板を運んで来なければ……時間がかかる」

「見てみよう」

マルはナギを誘った。二人は人を搔き分けて前に進んだ。皆は絶望していた。

二人は陥没地点に達した。

「くそっ、ここまで来たというのに」

マルは毒づいた。前方に出口の眩しい輝きが見えた。なのにゾハルの言う通りだった。穴を向こう側に飛び越えるのは不可能である。真っ暗な穴の下からは激しい水音が聞こえる。

「橋を架けることも無理だ」

ナギは溜め息を吐いた。

「洞窟は狭い上に折れ曲がっている。長い板を運んでは来られない」

マルも暗い顔で認めた。

「諦めるしかないのか」

「出口の向こうに木の緑が見える」

ナギは目敏《めざと》く見付けた。

「穴の上に縄を張れば渡れるかも知れない」

「どうやって縄を張る？」

マルは目を丸くした。洞窟の中には縄を張る支えとなるものが見当たらない。

「弓を借りてくれ。矢に縄を結んで飛ばす。矢が出口の向こうの木の枝に絡み付けば縄を張ることができる」

「できるものか」

マルは頭から否定した。縄の重さで矢が失速する。出口までも届くはずがない。

「やってみるしかない。他になにができる」

ナギはマルを退けてゾハルに頼んだ。ゾハルは頷くと弓矢と縄を用意させた。

ナギは矢を弓につがえて出口の明りを的にした。渾身《こんしん》の力で弦を引き絞る。狙いを定めてナギは放った。勢いよく矢は飛び出した。

が、出口の手前で失速した。やはり縄が重いのである。皆はがっくりと肩を落とした。

ナギは縄を引いて矢を手に戻した。

今以上に遠くへ飛ばすには矢を上向きにしなければならない。分かっているのだが、洞窟の天井が低くて無理である。ぎりぎりのところを狙って飛ばしたものの、矢は一度目よりわずか先に届いただけだった。

「駄目か……」

ナギもさすがに弱音を吐いた。

「いや、やれるかも知れぬ」

見ていたマルが策を思い付いた。

「二人で飛ばせばどうだ？」

「どうやって？」

「縄の真ん中辺りにもう一本の矢を結ぶ。おまえが放ったあとに二本目を俺が放つ。そうすれば縄が浮いて軽くなる。恐らく俺の放つ矢の方がおまえより速い。押される形となっておまえの矢は出口から飛び出よう」

「むずかしいぞ」

「やってみるしかないと言ったのはだれだ」

マルの言葉にナギは苦笑した。

マルは縄の真ん中辺りを矢に結びつけてナギの隣りに立った。頃合を計るのが大事だ。少しでも二本目を放つのが遅れれば逆に枷《かせ》となってしまう。

案の定、失敗した。マルが考えていた以上にナギの放った矢には勢いがあった。指を放そうとした瞬間に縄が引かれて矢が弦から外れた。縄を結んでいる位置をもっと長く伸ばせばよさそうに思えたが、それだと縄の重さを軽くすることにはならない。

「先にマルが射ればいいのではないか？」

ナギが言った。

「そうすると俺の方の縄ははじめから浮いていることになる」

いかにも理屈であった。

ふたたび二人は弓を構えた。マルは思い切り弦を引いて放った。重い縄を引き摺《ず》りながら伸びて行く。すかさずナギが放った。ナギの矢は軽い唸りを発してマルの矢を追い越した。皆から歓声が上がった。グングンと出口を目指す。矢は見事に出口を抜けた。

「やったぞ！」

マルが小躍りした。

「喜ぶのはまだ早い」

ナギはゆっくりと縄を引き戻しにかかった。ずるずると縄が手繰《たぐ》られる。せっかく出口を抜けた矢がまた洞窟に戻った。

「なんてことだ」

マルは地面を蹴散《けち》らした。

「やり方は分かった。いつかは成功する」

ナギは自信たっぷりに言った。

何度それを試みただろうか。期待もせずに縄を引いたナギの指に手応《てごた》えが伝わった。

「やったか！」

「たぶん」

ナギが頷くとゾハルが手を叩いた。洞窟の中に拍手の音が鳴り響いた。

「おまえは本当にいい村長になる」

心底からマルは言って肩を叩いた。

「なにがあっても諦めようとしない。だから皆が信じて見守っていたのだ」

「太い枝に絡みついたらしい。これほど力を入れて引いても大丈夫だ」

ナギは請け合った。外れる心配もない。

「一番軽い者はだれだ?」

マルはゾハルに訊ねた。痩《や》せて子供のような若者がやがて二人の前に立った。

「縄にぶら下がって穴の上を渡れるか?」

マルはゾハルに質した。ゾハルは保証した。

若者はマルとナギが握っている縄に取り付いた。何度か体重を縄に預けて確かめた若者は躊躇なく前に進んだ。若者の体が頭まで穴の中に沈む。ゾハルたちも縄を握って支えた。若者は器用に縄を手繰って渡りはじめた。

若者は難無く向こう側に達した。

「出口から出て縄の状態を確かめさせろ。しっかりと木に結び直す方がいい。三人ほど渡ったら橋に使えそうな木を探して貰う」

ゾハルは感心したようにマルに頷いた。三百人が縄を使って渡っていては時間を相当に取られてしまう。ゾハルが仲間たちにそれを伝えると喜びの声が広がった。

マルとナギは六本の細い木を結んで拵えた橋を渡って楽々と出口に向かった。

「う」

マルは熱い空気を吸い込んで噎せた。先に出た男たちは神から与えられたマスクを被っていた。噴煙が吹き付けて来る。二人も慌ててマスクを装着した。熱い空気に変わりはないが細かな埃がないだけ呼吸が楽になる。

「酷いものだな」

出口は高台に位置していて湖が大きく見渡せた。中心の山から太い黒煙が空高く伸びている。周辺の山々は真っ赤だった。

「行けるだろうか」

ナギは不安に駆られた。

「熱い風は上に吹くものだ。湖のほとりにまで下りて行けばなんとかなる。水辺を進んで、道が塞がれたときは泳いで渡る」

マルは自分自身に言い聞かせるように口にした。ナギも信じることにした。ここで後戻りはできない。

全員が揃うとマルは先に立って斜面を下りた。白い煙を噴いている火山弾があちこちに転がっていた。マルは何度となく立ち止まっては道筋を確かめた。マスクのせいで前方が見えにくくなっている。

「水辺が目の前だってのに……」

悔しそうにマルは呟いた。燃え燻《くすぶ》っている林が正面を遮っていた。火の勢いは弱まっているとは言え、通り抜けるのは危ない。地面に灰が溜まっている。となると大迂回をするしか道がなかった。映像で眺めたときは完全に火が治まっているように見えたのである。

「迂回しているうちに火が回って来なきゃいいがな。林に踏み込んでしまってからでは逃げ道を失うぞ」

マルの心は揺れていた。地面の揺れがさらに決断を鈍らせている。

「船だ！」

ナギが湖を指差した。湖の中に輝きが見られる。思う間もなく水面が大きく盛り上がって神の船が飛び出した。男たちは船に手を振った。船は次々に水面を破って空に浮いた。船の方でも男たちの無事を知ったらしく接近して来た。頭上に停止する。小さな窓から子供や女たちが顔を覗かせていた。最初は笑顔を見せていた子供や女たちだったが、どうやら道を遮られていることを知ったらしい。

　同時に船が燻り続けている林の真上に滑空した。船の底から霧のようなものが噴出した。激しい白煙が林から立ち上がった。残り火がたちまち消えていく。船は水辺までの道をつけてくれているのである。

「これでも神は必要ないか？」

　マルは満面に笑みを浮かべてナギに言った。

「行こう」

　ナギはさっさと斜面を下った。

　船は安心した様子で上昇しはじめた。

10

「湯のようになっている」

　マルは湖に腕を入れて唸った。ナギも試した。生温い。湖に流れ込んだ溶岩のせいだ。

「湖がなくなるかも知れぬと神は言ったが、水がこうでは有り得る」

ゾッとした顔でマルは湖の中心に頭を突き出している山を見やった。黒煙を激しく空に噴き上げている山は形がだいぶ変わっていた。高さも半分近くになっている。上部が吹き飛ばされてしまったのである。この様子では水面に没してしまいそうだ。

「ひどい灰だ」

マルは髪を乱暴に払った。小粒の灰がばらばらと落ちる。指が真っ黒になった。俯《うつむ》いた姿勢でないと灰が目に入る。岸にも灰が積もっていた。足が踝《くるぶし》まで埋まる。むしろ湖の周辺は灰の量が少ないと神から教えられている。それでもこれでは他の地域が思いやられた。

「たとえ逃れられても……この辺りはもう暮らすことができまい。別の土地を探して移るしかないだろうな」

マルは溜め息を吐いた。

「ぐずぐずしていると危ない」

ナギは急かした。少しの休息のつもりだったのに、だいぶ刻《とき》が経《た》っている。あれだけの難儀を重ねて湖の底から地上に出たのである。皆の疲れは承知だが、ここで気を緩めては苦労の意味がなくなってしまう。

「あの連中、ついて来られるだろうか？」

マルは青ざめた顔をして岸辺に腰を下ろしている男たちを見やって不安を口にした。狭い地底で暮らしていたせいだろうが、足腰が鍛えられていない。ここまでが精一杯という感じに見える。神の船によって女や子供たちが無事に逃れたのを認めて自分たちの役目が終った気でいるのかも知れない。

「本当にきついのはこれからだぞ。藪を払っての山登りだ。しかも夜を徹して歩かねば間に合うまい。風向きによっては森に火が回る。火の足の方が俺たちよりずっと速いのだ」

マルは越えねばならぬ山を前方に見据えて珍しく弱音を吐いた。さほどの高さではないが深い森が阻んでいる。それに岩場が多い。

「ここに残るという者が何人も居る」

困った顔でゾハルがやって来た。

「いまさらなにを言う」

マルは怒鳴り返した。

「残ってどうなるというのだ。あの山の勢いは止まぬ。必ず大爆発する」

「山を越えられるわけがないと言っている。森を燃やす火が広がっている。火に焼かれて死ぬよりは穏やかな死を望んでいる」

「死ぬに楽も苦もあるか！　子供らのためにも生きる道を選べ。ここに残ればきっと死ぬ」

マルはゾハルを一蹴《いっしゅう》した。

「年寄りは足手纏《あしでまと》いになる。一人のために十人を殺す結果となろう。それで残ると言い張っているのだ。その気持ちも分かる」

ゾハルは暗い目をして応じた。

「俺には分からん。そうして生き延びた者は生涯後悔しよう。弱い者を守るのが人の務めではないか。それを捨てては獣とおなじだ」

ついさっきまでは年寄りを重荷と感じていたマルだったが、今は違っていた。

「何人かで担いでも年寄りを連れて行く。山越えがきついのは俺とて承知している。疲れた者は遠慮せずに仲間を頼れ。そうして心を一つにせねば乗り越えられぬ」

「感謝する」

ゾハルはぼろぼろと涙を流した。

「残ると最初に言い出したのは私の父だ」

ゾハルは言ってマルの手を握った。

「仕方ないと諦めていた。この通りだ」

ゾハルはマルを抱き締めた。

直ぐにゾハルは仲間の許《もと》に戻るとマルの言葉を伝えた。最初は首を横に振る年寄りも見られたが、やがて皆に力が漲《みなぎ》りはじめた。

「出発すると決めたらしい」

ナギはマルの肩を叩いた。

「人のために死のうとする者を見捨てては終りだ。これで当たり前だ」

マルはナギを促して歩きはじめた。

ゾハルが駆け寄って、また礼を言った。

「ここに残るより、辛い山道となる」

マルはゾハルに言い聞かせた。

案じた通りの苦行となった。半日をかけても湖は直ぐ側にある。真っ直ぐ登るつもりの岩場を諦めるしかなかったのがこの結果に繋がっている。爆発の震動で岩が崩れ落ち、とうてい進める状態ではなかった。小さな揺れでも頭上から岩が転げ落ちて来る。やむなく藪に入り込んだのだが、傾斜は楽でも樹木から伸びて網の目に広がっている蔦《つた》を断ち切らないことには前へ進めない。唯一の救いは落伍者《らくごしや》が出ないことである。若い連中が汗だくで道を拵えている間、年寄りたちは足を休めていられる。と言っても、この森を一刻も速く抜け出ぬ限り、先がどうなることか……

「切りがないな」

マルは荒い息を吐いて少しの休憩を取った。直ぐにマルの刀を受け取って、別の者が道作りに向かう。ナギも岩に腰を下ろした。

「これだけの人数があっても、なかなか道が延びぬ。後ろの湖が腹立たしい」

マルは樹木の向こうに見える湖を眺めて毒づいた。隙間なく生い茂った木の枝が傘となって灰を防いでくれている。それがなければとても我慢ができなかったに違いない。

「気ばかり焦るぞ。こんな様子では朝まで続けても山の頂上まで登れるかどうか」

「蔦は徐々に少なくなっている」

ナギはさほどの疲れも見せずに言った。

「皆も蔦を切ることに慣れてきた。もう少しの辛抱だろう。それに、山が高くなれば木も細くなって歩きやすくなる」

「思いの外に連中は頑張るな」

マルは若者たちに目を転じた。

「湖が見えることが幸いしている。神の船が女や子供たちを乗せて湖から現われるたびに力づけられるようだ。心配ない。朝には山を越えている。俺は疑わぬ」

ナギの言葉にマルは笑顔を見せて、

「おまえと居れば、なんでもできそうな気がしてくる。それを聞いたら途端に腹が減ってきた。皆も休ませよう。もっと力が出よう」

岩から立ち上がるとゾハルに叫んだ。

ゾハルも大きく頷いて皆に伝えた。

歓声が上がった。笑いまで響き渡る。

「確かに……連中は諦めておらん」

マルは感心した。

「岩場でなくて幸いだった。岩場は年寄りに危険過ぎる。藪なら体が辛いだけで危ない道ではない。なにかに夢中になっていれば爆発の怖さも忘れる」

「なるほど、それも言えるか」

マルはナギに頷いた。

「これは……なんだ？」

マルはゾハルの差し出した飲み物を手にして眉《まゆ》をひそめた。皆が皮袋に詰めて大事にしていたものである。マルは匂いを嗅いだ。甘い香りが鼻をくすぐった。

「我々が拵えた酒だ。葡萄《ぶどう》を潰している」

「酒？　これが酒だと」

マルとナギは顔を見合わせた。自分たちも作っているが赤い色にはならない。

「飲んでみれば分かる。元気になるぞ」

ゾハルに勧められて二人は嘗《な》めた。香りほど甘くはないが、なんとか飲める。

「こんなもので気が休まるか？」

マルは首を傾げたが、すでに皆は陽気になりはじめていた。笑いが広がる。

「いかにも。酒に違いない」

マルはぐうっと喉に流し込んだ。喉が熱い。体の中から力が湧き上がってくる感じだ。

「これなら朝まで起きていられる」

マルは干した杯をゾハルに突き付けた。杯と言っても広い葉を丸めて拵えたものである。

「雨になりそうだ」

ナギは空を見上げて言った。

夕闇《ゆうやみ》よりも濃い雲が頭上に近付いている。

「降ってくれれば火の心配をせずに済む」

マルは喜んだ。

「積もった灰が泥になって歩きにくくなる」

ナギは舌打ちした。それに激しい雨となった場合は皆の気持ちが萎《な》えてしまう。

「いや、皆は火の方を恐れている。今のうちから伝えてくれ。雨が降れば山火事を避けられる、とな。恵みの雨だ」

マルはゾハルに言った。マルの考えは当たっていた。ゾハルが口にすると皆は小躍りした。酒が手伝ってのこともある。

皆はふたたび進みはじめた。これまでの倍近くも作業が捗《はかど》る。ナギの言葉通り刀の扱いに皆が慣れてきたのだ。蔦も目に見えて細くなっている。次の小休止をマルが告げたときは湖がだいぶ縮まって見えた。

「これなら朝には山の向こうに出られる」

マルにも自信が戻っていた。

そこに雨が降り出した。皆は狂喜した。

雨を手に受けて踊る者も居た。

「雨をはじめて見る者が多いんです」

ゾハルが二人に説明した。地底に暮らしている者には雨が無縁である。

だが、その雨粒は真っ黒だった。枝葉に積もる灰を溶かして地面に落ちている。

空を見上げる者たちの顔を汚していた。地面もたちまち黒い泥に変わる。

「雨がひどくならんうちに進もう」

マルは刀を握って先頭に立った。

11

山頂を越えて反対側の森の藪を踏み分けているときに白々《しらじら》と夜が明けはじめた。

雨は夜中に降り止んでいる。

「異様な朝焼けだな」

マルは身震いした。夜の間に黒煙がすっかり空を覆っていた。低く垂れ込めた雨雲が黒煙を高みに逃がさなかったのであろう。朝の光がくすんでいる。

「年寄りたちが目立って遅くなった」

ナギは長く続いている列を振り向いて、

「無理もない。ずっと歩き通しだ。このままでは倒れる者がでる。休んだらどうだ」

「この山だけは下りてしまいたい。もう一息だ。谷に至れば道を作らずに進める」

黒い空に急かされてマルは聞かなかった。

「年寄りたちだけを休ませよう。疲れが取れたら俺たちの拵えた道を追ってくればいい」

「置き去りにするのか？」

「迷う心配はなかろうに。それに下り坂なら俺たちがついていなくとも大丈夫だ」

「駄目だ。足手纏いにされたと思うに違いない。見捨てぬと言ったはずだぞ」

「見捨てているのではない」

マルは呆れた。

「きつい登りでそれをやれば確かにそう思われても仕方ないが……楽な道ではないか」

「疲れている年寄りには先が楽かどうか分かるまい。もし爆発が起きればどうなる？」

「………」

「担いで連れて行くか、休むかどっちかだ」

「分かった。少し寝ることにしよう」

マルは空を見やりながら同意した。

その間もマルとナギは休まなかった。ゾハルを従えて年寄りたちの疲れ具合を確かめる。十人ほどが限界に達していた。マルは木と蔦を用いて人数分の担架を作らせることにした。四人が一組となって担げば重荷とならない。

「神の方も難儀しているようだな」

手筈《てはず》を整えて藪に腰を下ろしたマルは、

「女子供を無事に逃れさせたら俺たちのところへ駆け付けると申したに……」

「まだ一日が過ぎていない」

「神も、まさか俺たちが湖の縁にへばりついているとは思っておらんだろう」

「俺はマルがよくやったと思う。一人も失っておらぬ。立派な村長になれるぞ」

「と言っても俺の村は滅びた」

「分からんさ。昨日は爆発が治まっていた。灰で死ぬことはない。村近くの風穴にでも逃れていれば火も防げよう」

「そうか。考えられる」

マルに希望が甦った。

「神はこの連中を平野に導けば褒美に俺を村へ運び返してくれると約束した」

「俺も付き合う。必ず戻ろう」

今までにない震動が襲ったのはナギがそれを口にした瞬間だった。マルに伸ばしたナギの腕は大きく外れた。ナギはつんのめった。

「身を縮めろ！　来るぞ」

マルは皆に叫んだ。皆は頭を抱えた。

大地が左右に揺れる。ナギは土を摑んだ。

続いて上下に大地が弾かれた。空に飛び上がってしまいそうな激しさだった。枝葉の触れ合う音が不安を搔き立てる。太い幹が軋む。遠くで岩の崩れる音がした。

皆はひたすら震動の治まるのを待ち続けた。

しかし、それははじまりだった。

耳を裂くばかりの轟音が響き渡った。ナギは空に目を動かした。暗い空が真っ赤に染められていた。山の陰となって見えないが爆発の炎のせいに違いない。皆も気付いて悲鳴を発した。赤い炎を引いて無数の火山弾が空を飛んで行く。さらなる爆発音が腹に響いた。物凄い量の灰が降り注いだ。熱い。燃え付くほどではないが肌に触れると痛いくらいだ。

「治まるのを待っていては森に火がつくぞ」

マルはよろけながらも立ち上がると、

「火は上に燃え移る。早いうちに山を下りてしまわんと巻き込まれる」

ゾハルも頷いて皆に伝えた。

「急げ！　どこに居ても一緒だ」

マルは必死で道を作りはじめた。

「くそっ！　もう間に合わんか」

森の彼方に激しい火が上がっていた。

「あの音は？」

ナギはその場に立ちすくんだ。重い音が接近してくる。大地の震動がそれを伝えた。

いきなり森を二つに破って巨大な岩が出現した。人の何十倍もの大きさだ。ナギたちは慌てて逃れた。太い木を薙ぎ倒して巨岩はナギたちの鼻先を転げ落ちていった。もう少し場所がずれていれば二、三十人が巻き添えを食らっていただろう。ナギの腰が砕けた。

「ありがたい！」

マルは巨岩の消えた藪を眺めて叫んだ。

「岩が道を作ってくれたぞ」

深い藪が岩に押し潰されている。ナギも見渡した。それは下まで続いていた。

「ここを下れ！　あとは運に任せるしかない」

おお、と皆はマルに従った。躊躇しているときではなかった。爆発音が止まない。きつい斜面を転げるようにして皆は下った。

「よくもここまで来られたものだ」

マルは山を振り向いて唸った。いつの間にか目指す高原に到達していたのである。死にそうなくらいに息は上がっているが疲れは少ない。気持ちが支えているのだ。

「皆、無事か？」

近付いてきたゾハルにマルは質した。

「三十人ほど見当たらない」

ゾハルは眉を曇らせて応じた。ただの遅れではなさそうだった。途中で転げて岩にでもぶつかったのだろう。

「どうする？」

「待たずに進むと皆で決めてきた」

「それでいいのか？」

「森に火が回っている。助けには戻れない」

ゾハルは覚悟した顔で頷くと、

「皆が二人に感謝している。夜のうちにこちら側に出ていなければ全員が死んでいた。地上のことはよく分からない。なんでも命じてくれ。皆が二人に従うと言っている」

「あんたの父親は大丈夫か？」

「無事だ。私にも信じられない」

「よし、川を探すのが先決だ。それに沿って歩けば火も怖くない。俺の勘を信じろ」

マルは勇んで歩を進めた。山の中腹から眺めて川筋の見当はつけてある。気を付けなければならないのは火山弾だった。突然に頭上から襲ってくる。むしろこの近さだと小爆発のときに警戒する必要があった。拳程度のものだが勢いがあるので危ない。

「助かったのはこの面のお陰さ」

マルは並んだナギに言った。

この夥しい灰の降る中をマスクなしには歩けなかったに相違ない。試しに外してみたが、噎せ込んで息がつげなかった。ばかりか目も開けてはいられない。まさに神の賜物だった。

「朝だと言うのに……」

ナギは薄暗い景色を眺めて嘆いた。

「火柱がここからでも見える。湖はどうなったか……この世の終りのような気がする」

「おまえが諦めるとは珍しい」

マルは笑った。

「地の果てまで、こことおなじではないのか」

ナギは亀裂の入った大地を見回した。

「だからどうした」

マルは力強く大地を踏むと、

「この世は死んでも俺たちは生きている。それ以外になにを考えることがある？死ぬまで歩き続けるしか今はあるまい」

川を捜し当てたのは、それから丘を二つ越えてのことだった。マルたちは狭い川に沿って進んだ。流れている川は湖と違ってさすがに冷たい。それが心を引き締める。

「この川はどこに続いている？」

「さあ……俺もはじめての川だ」

マルは平然として応じた。

「しかし、いずれ平らな土地に出る。川とはそういうものだ」

「そんなことは俺にも分かる」

ナギは苦笑した。

「問題は方角だ。神は湖の西に向かえと言った。太陽が隠されているので方角を定めるのはむずかしいが……南に歩いているような」

「湖の南の山が燃えているのは知っているが、すでに一日が過ぎた。火はあらかた治まっていよう。もし南に向かったとしても心配は少ない。それよりも高原を下りて平野に出るのが先だ。あとのことはまた考える」

「承知だったか」

「そうらしいな」

「それなら構わない」

ナギも納得した。

「知らない土地のはずなのに、どうして南に歩いていると気付いた？」

マルは不思議がった。

「木の枝葉が川下に沿って大きく伸びている。西に伸びる枝葉など見たことがない」

「そうなのか？」

あらためてマルは枝葉を見やった。その気になって眺めなければ分からぬ程度だが、確かに川下の側がわずかに膨らんでいた。

「奇妙なことを知っている男だな」

マルは呆れていた。

「俺たちの村は食い物を求めて始終動かねばならぬ。山に長く暮らすこともある。

方角をいつも気にしているのだ」

「西に迷わずに行けるか？」

マルは立ち止まった。

「この刀があればな」

ナギは手近にある樹木の幹を払った。細い幹だったが年輪がはっきりと見えた。

「輪の大きく広がっているのが南だ。その右手をいつも目指して進めばいい」

「ここから先はおまえに任せる」

マルは年輪を見詰めて言った。

「どうせなら、やはり西に向かう方がいい。内心は先を案じつつ歩いていた」

「ひどい案内人だ」

ナギは肩を揺すらせて笑った。

「俺は臆病《おくびょう》で川を滅多に離れたことがない」

「嘘をつけ。のんびりしたいのだろう」

それでもナギは先導を引き受けた。

相変わらず震動と爆発音が続いている。

だが、いつしかそれに慣れていた。

ナギは西を見定めて皆を促した。

ここまで下りれば先も知れている。

皆の足取りは確かに軽くなっていた。

12

ナギの方向感覚に誤りはなかった。高原を下り、深い森を踏み分けて進んだ一行はやがて広大な平野を見渡す台地に辿り着いた。皆は肩を抱き合って歓声を上げた。

「ここまで来れば安心だ」

マルは背後に目を動かした。湖を取り囲む連山の頂きが見えない。一日半をほとんど休まずに歩き続けたのである。震動の激しさは止まないものの、平野に達してしまえば危険を避けられる。火山弾の直撃にさえ気を付ければいい。マルは安堵の息を吐いた。風は相変わらず東に向かって吹いている。山火事で東の森が燃え盛っているせいだ。激しい火に風は誘われる。

「灰の量も少ない。神の言った通りだ」

マルは台地を駆け下りた。皆も続いた。

「もう大丈夫だ。頑張れ。今夜は平野の真ん中でゆっくりと眠れるぞ」

「見ろ！」

ナギがマルの肩を乱暴に摑んだ。

いつの間にか神の船が頭上にあった。


マルとナギは神の船に引き揚げられた。

小型の船である。狭い部屋の中に神が一人で待っていた。例の仮面は外していた。真っ白な肌に大きくて黒い瞳《ひとみ》が輝いている。

〈お礼を言います。女と子供たちも無事に逃れることができました〉

神は二人に長い腕を差し出した。枯れ木のように細くて頼り無い腕だが、ナギの手を握った指には力が込められた。魚の感触がした。体温が低い上に肌が滑らかなせいである。

「女や子供たちはどこに？」

〈平野の向こうです。海の側まで。そこまで離れれば今まで以上の爆発が起きても心配はないでしょう。やがて大きな船が戻ってきます。男たちもそこへ連れて行きます〉

神はナギに答えた。

「そこで暮らすのか？」

マルが質した。

〈別の場所を探すことになるでしょうが、当分の間はきっとそこに〉

「俺の村の者たちも加えてくれないか？」

マルは頼み込んだ。

〈村は完全に滅びました〉

神は辛そうな顔をして、

〈あなたの目で確かめるといい〉

二人を席に促した。二人が座ると神は上の階に姿を消した。間もなく船は動きだした。

マルは無言で壁を見詰めていた。

「きっと助かった者も居る。川に沿って逃げれば自然に南へ出る。気を落とすな」

「神は我々と違って嘘を言わぬ」

マルはナギに暗い目で応じた。

二人の正面の壁が開いた。外が見える。マルは腰を浮かせて窓に迫った。黒煙と灰が視野のほとんどを埋めている。ところどころの赤い点は燃え残りの炎だろうか。船の高さが分からないためになにやら見当もつかない。

「あれを！」

ナギがマルの袖《そで》を引いた。ナギの指差す真下には巨大な円が二つ並んでいた。

「石環だ！　間違いない」

灰にすっぽりと覆われているが、均一に降り注いだせいで形が浮き上がっているのだ。

「俺の村だ」

マルは石環を目印にして見回した。祭壇の丘と思われる三角の山の形が黒煙の向こうにうっすらと認められた。村の中心は石環とあの丘を線で結んだ左手にある。

だが……建物はすべて燃え尽きたか倒壊したらしく灰の大地となっている。マルは悲痛な呻きを洩らした。草木一本たりとも見えなかった。炎が嘗め尽くしたのだ。もちろん動いているものはなに一つ見当たらない。黒煙の下に荒涼とした景色が広がっている。

マルの嗚咽は止まなかった。

〈灰が人の高さの倍も降り積もっています〉

どこからか神の声が聞こえた。

〈人や動物ばかりか土地も死にました。元の大地に戻るには何百年もかかります〉

「逃げた者はいないのか！」

マルは喚き散らした。

〈分かりません。私たちは子供たちを救うのに専念していました〉

「降ろしてくれ。俺が探す」

〈無理です。灰の温度はまだ五十度もあります。それに灰が深過ぎて歩けない〉

「祭壇の丘でいい。あそこから間近に見るだけだ。あの丘から叫べば風穴にも届く。隠れていればきっと返事がある」

〈それで気が済むというのなら〉

船はゆっくりと移動した。たちまち丘の真上に停止した。二人は見下ろした。物凄い灰が噴き上がってきた。窓が灰で塞がれた。

〈丘の上の灰を吹き飛ばしています。中心の部屋に移ってください〉

神に言われて二人は円筒の部屋に入った。部屋は眩しい光に満たされた。二人の体の重さがなくなった。床が静かに開いた。二人は部屋の中に浮かんでいた。足元には丘の頂上が見えた。二人の体は光に包まれながら静かに下降した。光が消滅すると二人は丘の真上に並んで立っていた。傍らには石で組まれた祭壇が作られている。マルは躊躇なく祭壇の裏手に回った。そこに神の籠り屋へと通じる石段があるのだ。

「ナギ！　手伝ってくれ」

マルの歓喜の声が耳に響いた。マルは重そうな石の蓋を持ち上げていた。

「中にきっとだれか居る」

「本当か！」

「神はいつもこの蓋を開けたままにして帰る。それが神の到来のしるしともなっていた。それなら蓋が開いたままになっているはずだ。俺たちがこの丘から神の船に引き揚げられたときには、すでに村を炎と灰が襲っていた。のんびりと蓋を閉めている余裕はない。とすればだれかがここへ逃れて来て灰を防ぐために蓋を閉じたとしか考えられない」

なるほど、とナギも納得した。

「男が四人で持ち上げる蓋だ。やるぞ」

マルはナギと呼吸を合わせた。隙間に指を差し込んで一気に引き出す。蓋はわずかだが浮き上がった。さらに二人は渾身の力を込めた。蓋は急に軽くなった。重さが手元の方に移ったのである。マルは横に押しだした。蓋は重い音を立てて斜面を転がり落ちた。

「だれか居るか！」

暗い穴を覗いてマルは叫んだ。返事はない。マルは石段に足を踏み入れた。ナギも続いた。

「深いのか？」

「いや、直ぐに籠り屋へ達する」

慎重に石段を下りながらマルは言った。

「あの蓋は中から閉じられない」

「知っている」

マルはナギに頷いた。

「望みを持たぬ方がいいぞ」

「閉じた理由《わけ》があるはずだ。あの騒ぎの中でわざわざ蓋をするためだけに登るとは思えん」

マルは籠り屋の扉の前に立った。

マルは両手の拳で扉を叩きつけた。ナギには耳慣れない響きだった。石や板の扉ではない。薄いようだが重い音を立てている。これが神の拵えたアラハバキだろう、と思った。ナギは扉に掌を当てた。ひやりと冷たかった。

「くそっ、なにかで塞がれている」

マルは扉を肩で押して声を荒げた。

「前は軽く開いた」

マルは扉から少し下がって思い切り肩と肘《ひじ》で体当たりした。扉が少し奥へ動いた。隙間から眩い光が洩れた。ナギも手伝った。じりじりと扉が開いていく。肩と足が入るだけの広さができた。マルは体をこじ入れて力を振り絞った。激しい音とともに扉が開いた。

「お！」

狭い部屋の中は光で溢れていた。ナギは眩暈を覚えた。マルは飛び込んだ。ナギの目も光に慣れはじめた。マルは床に倒れている二人の側に腰を屈めていた。若い娘と小さな男の子供だった。

「だれだ？」

「村長の孫と生贄に定められた娘だ。ここに逃れさせておけば、いずれ神によって救われると思ったに違いない」
「しかし、生贄であろうが」
ナギは横たわっている娘の顔を眺めた。美しい。十四、五と見える。ただ一つ助かる道
「生贄の役目を貫かせようとするなら村長の孫と一緒にはせぬ。
と信じて二人をここへ封じたのだ」
マルは子供を抱きかかえた。子供の眉がぴくりと動いた。まだ息がある。ナギは
娘の背中を乱暴に揺さぶった。娘は噎せ返りながら正気を取り戻した。厳重に扉を
中から塞いだために空気が薄くなっていただけだった。今は階段から空気が流れて
くる。
「マル！」
二人はマルと知ってしがみついた。
「村長たちはどうした？」
マルは娘に質した。娘は途端に涙を溢れさせた。それが答えだった。
「村の全部がか？」
それにまた娘が頷いた。ナギは溜め息を吐いた。七百人が暮らしていた豊かな村
だったのに、今はマルを含めて三人。

「俺の村に行こう」

ナギはマルに言った。

「ここは捨てるしかない。俺の村は小さいが、ずっと遠い場所にある。灰も届かぬ」

「俺一人ならそのつもりでいたが……」

マルは首を静かに横に振って、

「この子が無事であれば、そうはいかん」

村長の孫を腕に抱えた。

「次の村長と決められていた。他の土地を探して俺は新しい村を拵える。そうせねば、やがて俺はおまえと争うことになるだろう」

「なぜだ？」

「村長は神が定めたこと。それゆえ皆がこの籠り屋に運び入れたのだ。皆の願いがこの子に託されている。俺がこうしてここへ戻ったのも皆の気持ちが届いたからだ。俺は今日からこの子を守らねばならぬ。立派な村長に育てあげねばならぬのだ。許してくれ」

マルはナギに感謝しつつ頭を下げた。

「それなら、俺の村の近くでもよかろう。俺は土器や木の実を腐らずに残すやり方を学びたい。そうすれば俺の村も豊かになる。俺はそれが知りたくて長い旅をしてきたのだ」

ナギは懇願した。

「この娘がなんでも知っている。連れて行け」

「………」

「その方が娘にとっても幸せだろう」

「しかし……」

ナギは娘を見やった。娘は頬を赤らめた。

「おまえが助けた生命ではないか。放っておけばきっと死んでいた。娘とて、もともと生贄となる覚悟ができていた。この娘はおまえのことをよく知るまいが、俺は知っている。おまえはだれにも負けぬ男だ。必ず自分の村を大きくしよう。文句はないな?」

マルは娘の方に顔を動かした。

娘は少しして、こっくりと頷いた。

マルは安堵の笑いを浮かべて、

「ナミと言う。村で一番の自慢の娘だ。俺が好きだった娘の妹だ。可愛がってくれ」

ナミをナギの胸に押しつけた。

「迷惑か？」

困惑しているナギにマルは訊ねた。

「村に好きな女でも居るのか？」

「いや。俺は構わぬが……娘が後で悔やむ」

「ナミはそんな女ではない。村長が決めた男を拒んだゆえに生贄と定まった。男を知った女は生贄とはなれぬ。村長も哀れと思って生贄を逃れさすつもりで男を選んでやったのに……おまえがいやなら俺が命じたところで頷きはしなかった。生贄の子らを救わんとしておまえが飛び込んできたのをナミは見ていたのであろう。おまえこそナミは選んだのだ」

「あのとき、側に居たのか？」

ナギはナミを見詰めた。ナミは微笑んだ。

「ナミのことは子供の頃から見てきた。息を吹き返したときのナミの顔を見て分かった。おまえだと知って喜んでいた。おまえの方もまんざらではない顔をしていたぞ。だが、おまえなら願ってもない男だ。それで無理に結び付けてやったのさ」

マルは白状した。

「神が案じて待っていよう」

マルの言葉にナミは目を円くした。

「俺とナギはこの二日、神とともにあった」

ナミは嬉しそうに何度も頷いた。

船に引き揚げられた四人は窓から下界を見下ろしていた。これが村の見納めとなる。

〈どうします？〉

神の声が四人に届いた。ナミと村長の孫は驚いて四方に目を動かした。

「俺とこの子は海の側の村に連れていって欲しい。しばらく様子を眺めて俺たちも他の土地を探す。こっちの二人はナギの村へ送り届けて貰えないか？」

〈一緒にくるのではないのですか？〉

神は寂しそうにナギへ質した。

「仲間が帰りを待っている。これからは俺の村にも姿を見せて欲しい」

ナギは神に頼んだ。

〈言われなくても遊びに行きますよ〉

神は約束した。

船は見る見る高度を上げた。村が小さくなって行く。船はしばらく停止した後にナギの村を目指して発進した。

黒く煙った空に船はたちまち見えなくなった。灰はまだ降り続いていた。

13

私の視野もまた灰色に染まった大地で埋められていた。吹き荒《すさ》ぶ風も死んでいる。どこまで見渡しても自ら動く姿は見当たらない。僅《わず》かに燃え残った樹木も風にそよぐ葉を失って、ただ無言で立ち尽くしている。

凝視し続けるには耐えられない光景だった。何百年どころではない。この土地に花が咲き、青々とした草が生い茂り、鳥が囀るようになるには千年でも足りないように私には思えた。実際にこの高原は四千年近くも人々から見捨てられてしまったのである。

私は目を空に転じた。

神の船は完全に姿を消していた。

「もう、いいでしょう」

火明《ほあかり》の声が頭の中に入り込んできた。懐かしい声だった。見守るのに夢中で私は火明のことをすっかり忘れていた。

「この土地が私たちに伝えようとした物語は終りましたよ」

私も頷いた。

その瞬間、灰色の大地に鮮やかな色彩が復活した。大地は緑に覆われ、豊かな森が生まれていく。私は息を詰めて眺めた。空が明るくなっていく。白い雲を黄金の夕焼けが染めている。ねぐらを求めて鳥たちがのんびりと横切っていく。爽《さわ》やかな風が茂った葉を揺らして心地好い音を立てている。重苦しかった私の胸にやすらぎが訪れはじめた。なんと平和な夕暮れなのだろう。大地は生を謳歌《おうか》していた。私は自然の強さを感じた。人はこれほどに再生しない。人は大地の点景に過ぎない存在なのだと知った。大地にとって鳥も獣も虫も人間も、花や川や木と変わらぬ存在なのである。鳥も獣も花も木もそれを知っている。気付いていないのは人間だけだ。

「戻りましたね」

不意に私の額から掌が外された。

私は目を開けた。

今の美しい景色も幻だった。それよりも遥かに美しい星空が私と火明を包んでいた。白い銀河が目の前から私を越えて後ろに伸びている。星々は濡れてきらきらと輝いていた。星の洪水に押し流されてしまいそうになる。

「どうしました？」

火明はぼんやりとしている私に訊ねた。

「地球はすべてを見てきたんだな」

星の数の多さが私を感傷的にしていた。

「ただ黙って眺め続けた」

「あの星たちだってそうでしょう」

火明は笑って立ち上がった。

「ナギとナミは元気だろうか？」

何千年も前の人間たちなのに私には今もどこかに居るような気がしてならない。

「二人は神の船によって村まで送り届けられた。きっと二人は神の仲間として人々から迎えられたに違いない」

「そうだろうな」

私も頷いた。

「ナギとナミ」

火明はゆっくりと呟いた。私は火明の顔を見上げた。私にもその意味が分かった。

「イザナギとイザナミか！」

「もちろん彼らが神でないことを私たちは知っています。だが彼らの名が語り伝えられて、いつしか神に奉られたということは……」

有り得る、と私も思った。ナミは神から授かった軽くて頑丈な土器を拵える方法や木の実を保存する技術を携《たずさ》えてナギの村へ空から下ったのである。神を妻に得たナギもまた神に昇格する。ナギの支配する村が大きく豊かになれば、二人の名は伝説となっていく。

「ナギは単に男を表わし、ナミは女を示すという説もあります」

火明は続けた。

「どちらも海に関わっている言葉です。凪もなく平らな海をナギと言う。海面から突き出た水の膨らみをナミと呼ぶ。男の胸は平らで女の胸には膨らみがある。そこからイザナギとイザナミという二人の神の名が付けられたと説く人も居ます。二人はなにもない海の上に現われて大地を生んだ神たちですから」

「…………」

「しかし、違うかも知れない。最初にナギとナミが存在して、それが男と女の典型的な名前となった可能性もありますよ。私たちは現に二人を知っている」

「同感だ」

私も草の斜面から腰を上げた。

「我々は神話の作られる前の時代を眺めたのさ。この土地が二人を結び付けた」

私たちは並んでストーンサークルを一周した。石の柱は星明かりに照らされて青白く浮き上がって見えた。

神の祭壇が頂上に設けられていた黒又山《くろまんた》も正面に黒い影を拵えている。明日はあの山に登ろう、と私は心に決めていた。

あの山でナギとナミが出会ったのだ。

「神たちはどこへ向かったんだろう」

私は火明に言った。

「十和田湖の西に出て平野を真っ直ぐ海へ向かえば亀ヶ岡に突き当たりますよ」

「やはりそうか」

それ以上互いに言うことはなかった。

「ナギの村は想像がつきますか？」

火明が試すように質した。

「あの方角だろ」

私は神の船が目指した方角を火明に示した。

「あのずうっと先には八戸《はちのへ》の是川《これかわ》遺跡がある。縄文時代に最も美しい文化を育てた村だ」

火明は立ち止まると私に大きく頷いた。

私は満足してふたたび歩きはじめた。

あとがき

高橋克彦

表題とした「石の記憶」については、その成り立ちから、雑誌掲載より二十年以上も単行本未収録となっていた事情を澤島優子さんが解説で事細かく書いてくださったので、もはや私の説明は不要だろう。ただただ嬉しくありがたいという他にない。たった一話だけにせよ、一応は二百枚近い分量の完結作ではあったので、纏めた形で読んで貰いたい気持ちは私の中にいつもあった。その夢がこうして叶い感無量である。感無量など、仮にも作家が用いるべくもない直截な表現だが、本当にしみじみと自身の幸福を感じている。理解してくれる編集者や読者あってこそのことで、でなければ一話で中断した物語など銀河系の彼方にでも飛ばされていたに違いない。

しかし他の収録作に関しては多少の説明が必要となる。単行本未収録と謳えばいかにも他では読めないような印象を与えるけれど、たとえば「母の死んだ家」は新潮文庫の『七つの怖い扉』というアンソロジーに含まれているし、「懐かしい夢」は講談社文庫の『二十四粒の宝石』中の一編に選ばれている。あくまでも私名義のオリジナル短編集に「未収録」という意味だ。私にはたとえばらばらの短編集にしてもテーマをなるべく似たもので統一させたいというこだわりがあって、それから外れたものは遠ざけてしまう。別のアンソロジーで読んで貰えているという安心もむろんあった。その結果、再点検してみたらこれだけの作品が宙に浮いていた、というわけである。これで現在のところ私名義の作品集にこれまで発表したすべての短編が収められることとなり、晴れ晴れとした気分である。

まったく、感無量とか、気が晴れ晴れとしか言い表せない自分に情けなくなるが、これだけ長い間文章と格闘していると美辞麗句やら深遠な表現はたくさん、という気になる。楽しい、悲しい、愛しい、ありがとうでいいではないか。これまで支えて下さった皆様にひたすら感謝を申し上げたい。

解説

澤島優子《さわしままさこ》

高橋先生の新しいオリジナル文庫が出版されるというのは、長年のファンでなくても心躍る「事件」である。それと同時に、まだ文庫に収録されていない作品があったのか、と驚いた読者も多いことだろう。初出一覧を眺めてみると、雑誌に掲載されただけで一度も書籍に収録されたことのない作品がいくつもあることが不思議である。

とりわけ、本書のほぼ半分を占める「石の記憶」という作品の異質さはどうしたことだろう。読み切りの短編としては長い原稿用紙二〇〇枚ほどもある分量もさることながら、冒頭に置かれた「旅立ち」というプロローグ、「秋田県鹿角市十和田大湯字野中堂」という、具体的すぎる章タイトルにも違和感を覚える。もちろん、いったん読み始めてしまえば、そんな違和感などは吹き飛んで一気に作品世界に引き込まれてしまうのだし、高橋作品に余計な解説など必要ないのだが、この「石の記憶」については、少し説明が必要かもしれない。

今から二〇年前の一九九五年春、高橋さんは新たな物語のシリーズを立ち上げようとしていた。当時、連載を一〇本も抱える超多忙な日々を過ごしていらしたにもかかわらず、である。連載媒体は「野性時代」という小説雑誌で、担当はまだ二〇代だった駆け出し編集者の私である。新シリーズには「新諸国物語」という仮タイトルがつけられ、すでにいくつか取材旅行にも出かけていた。

連載が始まる前に行った「特別インタビュー」（「野性時代」一九九五年四月号掲載）で先生は、このシリーズは、中学時代に東北地方に残っている民話や伝承に興味を持ったことが発想の始まりだったと述べられている。そして、各地方に残っている民話や伝説、中央史には残っていない地方独特の物語を探し出して、新たな視点で「遠野物語」のようなものを書いてみたい、それもできればバラバラな小説ではなく、日本全国をシリーズとして扱ってみたいと思うようになったのだ、と。

基本的には一県にひとつ、不思議な話、県を代表するような話を発掘して小説にしたいということです。さらにただ四七都道府県を書くというのではなく、同時に「日本史」をやってみたいんです。ある県は縄文時代、ある県では江戸時代というように時代を変え、最後に時間軸で並べたときになにか新しい歴史の線が見えてくるのではないか。また同じ感性で通したいので、ひとりの主人公をたてて、縄文あるいはそれ以前の時代から未来までも生き続けるような存在に設定したいと思っています。

一県にひとつの物語。これはすごい！　高校野球で地元の高校が勝ち進むことを嫌がる人はいないだろう。どのような屈託があるにせよ、人は生まれた土地を愛さずにはいられないものだ。四七都道府県すべての物語が揃っていれば、読者は必ず興味を持ってくれるにちがいない。

先生はすでに、『炎立つ』などの歴史小説で、従来の「日本史」に正しく描かれることのなかった「東北史」を描き出そうとされていた。勝者によるご都合主義や、偏見や差別に満ちたストーリーではない、真実の物語を追求してきた作家である。そんな先生にとってこのシリーズは、原点であり、集大成であり、新たな出発点にもなったはずだ。さらに先生は、シリーズの構成として驚くべきアイディアを述べている。

時代とその人物を縦糸に、四七都道府県を横糸に、さらには小説ジャンルを限定せず、ファンタジーもあればホラーもあり、恋愛物、少年物、純文学風のものあり……というように、ジャンルで模様を描いていくような、まさに前代未聞の物語というのを考えているわけです。もちろん全体像もまだつかめないし、取材や資料集めも大変で難しいシリーズになるとは思いますが、物書きになったからには、そういう壮大な仕事をしてみたいと思います。何年にわたる仕事になるのか自分でもわかりませんが、読者の方にもぜひ長い目でおつきあいいただきたいと思いますね。

（前出「特別インタビュー」）

土地の記憶を霊視する能力を持つ火明継比古と小説家の「私」が、日本各地を旅しながら、火明が霊視する世界を、「私」が小説という形で記録していくというスタイル。ジャンルを問わない四七の物語によって浮かび上がる「日本」という国。土地が記憶するものは、大きな自然災害や大規模な破壊、戦争、事件、悲劇がどうしても多くなるだろうが、そこで描かれるのは、これまで見たこともない日本人たちであり、勝者も敗者もない、平等で公平な日本史になるはずだ。そしてその「日本」は、私たちが知っている今のこの国よりもほんの少し温かく、誠実で、愛と友情に溢れた国なのではないか。まさに「高橋克彦版日本史」とも呼ぶべき、前代未聞の物語になったにちがいない。

インタビューの翌月から連載はスタートした。最初の原稿を編集部で待っていた夜のことを今も鮮やかに思い出す。かすかな音を立てて震えるファクシミリが一枚目の原稿を吐き出したとき（その頃はメールもインターネットもなかったので、ワープロ原稿をファクスで送ってもらっていたのだ！）、ひときわ大きく印字された「日本繚乱」というタイトル文字。そう、「新諸国物語」という仮題は「日本繚乱」という名に変更されていたのだ。

先生はタイトル付けの天才で、どの作品も唸るほどうまいのだが、なかでも「日本繚乱」は最高傑作だと思う。初めてこのタイトルを見たとき、私は自分が大きな日本地図の上に立って、その地図ごと宇宙空間に浮かんでいるような気がした。この日本列島に乗っかって、古代から未来まで、日本各地に残る物語を探す旅に出るのだ。長い旅になるだろう。そしていつか、美しい花々が咲き誇るようなすばらしい作品集ができあがる……。まだ見ぬ物語集の完成を思って私は興奮していた。たぶん、デロリアンに乗り込むマーティや、タイムマシンを前にしたのび太もこんな気持ちになったにちがいない、と思いながら。

「日本繚乱」の第一話は七回で終了した。このペースだと、一年に一～二話が精一杯だから、四七話を書き上げるまでには二五年から三〇年はかかる計算になる。でも大丈夫。私は二〇代だし、先生だって四〇代後半である。時間は無尽蔵にあると思っていた。

続けて第二話「東京都新宿区左門町児童公園」が始まった。ご存じ四谷怪談の舞台である。先生は、鶴屋南北が描いた「東海道四谷怪談」とは違う、お岩の真実の姿を伝える物語を書きたいと張り切っていらした。怖い話が苦手な私は、ドキドキしながら原稿を待った。ある日、出社した私の顔を見た先輩編集者から、「顔、どうしたの?」と聞かれて洗面所の鏡で見てみたら、顔の右側がただれたように赤くガサガサに荒れていた、というエピソードはまた別の話。とにかく連載は順調に続いていった。しかし、第二話第四回を掲載した号を最後に、「野性時代」は社の方針で休刊となってしまったのである。

お岩の真実の物語も「日本繚乱」シリーズもそこで中断し、再開の機会もないま

ま二〇年もの月日が流れてしまった。つまり、本書に収録された「石の記憶」は、

未完に終わった「日本繚乱」というシリーズの第一話、「秋田県」を舞台とした物

語だったのである。ストーンサークルの記憶を読むことができる秋田県の人がつく

づくうらやましい。

今回、この原稿を書くに当たって、「石の記憶」と、中断されたままの第二話を読み返して、改めて自分のふがいなさを恥じた。たとえ雑誌がなくなっても、他の媒体を見つけるなり、他の会社に持ち込むなり、「日本繚乱」の連載を続けるために最大限の努力をするべきだった。あのまま連載が続いていれば、今頃は四七都道府県の半分くらいは完成していたにちがいない。「長い目でおつきあいいただきたい」と読者に熱く語りかけていらした先生にも、本当に申し訳ないことをしてしまった。無力にあきらめた自分が情けない。

しかし、過ぎてしまった時間を悔やんでいても仕方がない。先生はその後も数多くの作品を世に問い続けていらっしゃるのだし、それはある意味、形を変えた「日本繚乱」シリーズと言っていいのかもしれない。とにかく今は、唯一完成している第一話だけでもこうして世に出ることが叶った現実を素直に喜びたいと思う。

この二〇年の間に、日本という国は加速度的に変化してきた。新しいシステム、大きな自然災害、社会を揺るがす大事件……土地の記憶はいくども塗り替えられたことだろう。二〇年前にはなかった地方へも新幹線は延び、私の故郷、富山にも東京から気軽に行けるようになった。飛行機が苦手な先生と、のんびり列車に乗って取材に出かけてみたかった。火明継比古は私の生まれた町で、いったいどんな物語を見せてくれただろうか。

ふと、私は今も巨大な日本地図に乗って宇宙空間を漂っているのではないかと思う。「日本繚乱」という見果てぬ夢を胸に抱いて、長い長い旅を続けているのだ。

（フリー編集・ライター）

初出一覧

母の死んだ家　『七つの怖い扉』　一九九八年十月　新潮社
懐かしい夢　「小説現代」　一九九五年五月号
花火　「IN★POCKET」　一九九七年七月号
さむけ　「小説NON」増刊　一九九八年十月刊
マリオネット　「読売新聞」　二〇〇四年七月十四日
たすけて　「野性時代」　二〇〇五年九月号
加護　「小説現代」　二〇〇四年八月号
玄関の人　「小説新潮」　二〇一三年八月号（ただし、雑誌の企画により著者名の表記なし）
石の記憶　「野性時代」　一九九五年五月号〜十一月号（「日本繚乱」を改題）

＊現在、「たすけて」は『ひと粒の宇宙』（角川文庫　二〇〇九年十一月刊）に、「母の死んだ家」「さむけ」「マリオネット」は『高橋克彦自選短編集2　恐怖小説編』（講談社文庫　二〇〇九年十二月刊）に収録されています。

文春文庫

石《いし》の記《き》憶《おく》

定価はカバーに表示してあります

2015年12月10日　第1刷

著　者　高《たか》橋《はし》克《かつ》彦《ひこ》

発行者　飯窪成幸
発行所　株式会社 文藝春秋

東京都千代田区紀尾井町 3-23　〒102-8008
TEL 03・3265・1211
文藝春秋ホームページ　http://www.bunshun.co.jp

落丁、乱丁本は、お手数ですが小社製作部宛お送り下さい。送料小社負担でお取替致します。

印刷製本・凸版印刷

Printed in Japan
ISBN978-4-16-790507-1